山西文華·著述編

山西古代遊記選

張仁健等 ◎ 編注

《山西文華》編纂委員會 編

山西出版傳媒集團
山西人民出版社

圖書在版編目（CIP）數據

山西古代遊記選／張仁健主編．—太原：山西人民出版社，2017.12
ISBN 978-7-203-10180-2

Ⅰ．①山… Ⅱ．①張… Ⅲ．①遊記—山西 Ⅳ．①K928.925

中國版本圖書館 CIP 數據核字（2017）第 280151 號

山西古代遊記選

主 　編：張仁健　林友光　屈毓秀
注 　者：張志江等
責任編輯：李建業
復 　審：武　静
終 　審：閻衛斌
裝幀設計：山西天目・王明自

出 版 者：山西出版傳媒集團・山西人民出版社
地 　址：太原市建設南路 21 號
郵 　編：030012
發行營銷：0351-4922220　4955996　4956039　4922127（傳真）
天貓官網：http：//sxrmcbs.tmall.com　電話：0351-4922159
E-mail：sxskcb@163.com　發行部
　　　　　sxskcb@126.com　總編室
網 　址：www.sxskcb.com

經 銷 者：山西出版傳媒集團・山西人民出版社
承 印 廠：山西出版傳媒集團・山西人民印刷有限責任公司

開 　本：700mm×1000mm　1/16
印 　張：11.25
字 　數：140 千字
印 　數：1—1600 冊
版 　次：2017 年 12 月　第 1 版
印 　次：2017 年 12 月　第 1 次印刷
書 　號：ISBN 978-7-203-10180-2
定 　價：76.00 圓

ISBN 978-7-203-10180-2

9 787203 101802 >

如有印裝質量問題請與本社聯系調換

出版説明

　　山西東屏太行,西瀕黄河,北通塞外,南控中原,是中華民族的主要發祥地之一。中華文明輝煌燦爛,三晉文化源遠流長。歷史文獻豐富、文化遺産厚重,形成了兼容并包、積澱深厚、韵味獨特的晉文化。山西省政府決定編纂大型歷史文獻叢書《山西文華》,以匯集三晉文獻、傳承三晉文化、弘揚三晉文明。

　　《山西文華》力求把握正確方向,尊重歷史原貌,突出山西特色,薈萃文化精華,按照搶救、保護、整理、傳承的原則整理出版圖書。叢書規模大,編纂時間長,參與人員多,特將有關編纂則例簡要説明如下。

　　一、《山西文華》是有關山西現今地域的大型歷史文獻叢書,分"著述編""史料編""圖録編"。每編之下,項目平列;重大系列性項目,按其項目規模特征,制定合理的編纂方式。

　　二、"著述編"以 1949 年 10 月 1 日前山西籍作者(含長期在晉之作者)的著述爲主,兼收今人有關山西歷史文化的研究性著述。

　　三、"史料編"收録 1949 年 10 月 1 日前有關山西的方志、金石、日記、年譜、族譜、檔案、報刊等史料,以影印爲主要整理方式。

四、"圖録編"主要收録 1949 年 10 月 1 日前有關山西的文化遺產精華,包括古代建築、壁畫、彩塑、書畫、民間藝術等,兼收古地圖等大型圖文資料。

五、今人著述採用簡體漢字橫排,古代著述採用繁體漢字橫排。

《山西文華》編纂委員會

出版前言

　　遊記作爲散文的一種,是文學寶庫中一顆璀璨的明珠。中國古代遊記,是中國文學史中内容豐富而又特色鮮明的構成部分,真切地體現着中國傳統文學的個性品格。中國古代遊記從先秦到明清,歷代相沿,源遠流長。

　　山西據山臨河,地形險要,早在《左傳》里,這片土地就被形容爲"表里山河"。作爲華夏文明的發祥地和中心區域之一,山西地區的歷史演進貫通了上下五千年的華夏文明,所以有"五千年文明看山西"之説。水之靈,地之氣,孕育了山西特有的燦爛文明,在這方神奇的土地上,無數的文人墨客留下了文質兼美的遊記作品。

　　從先秦到清末,遊記文學寶庫中除了《水經注》《徐霞客遊記》等少數專著傳世以外,大量的遊記作品都是以單篇的形式保存在古代文人們的文集中,保存在日記、筆記、雜記以及地理志等書中。

　　此次,入選《山西文華》,我們在《中國遊記散文大系·山西卷》(書海出版社,2002年版)的基礎上進一步修訂,從歷代遊記中遴選出北朝北魏到清代記録山西景物山川的遊記作品54篇,按景物在山西境内從北至南的順序排列,每篇文章加以標點,附以注釋,最終編成《山西古代遊記選》。讀者可以從中領略三晋大地歷史之厚重、文化之悠久、山川之秀美、民風之淳樸。

　　本書需説明兩點：一是在浩如烟海的著作中尋找描述山西景物的遊記殊爲不易，雖是竭力搜收，仍難免有遺珠之恨，有待將來增補。二是景物描寫筆墨不勾，不能全備，只是勉力呈現一些歷史的面目。

山西人民出版社

二〇一七年十一月

前　言

　　本書的前身爲《中國遊記散文大系·山西卷》,該書收入了古代四十一位作者的五十四篇遊記。這些佳作描繪了山西的奇山异水,從中可以領略山西美麗的自然景觀,是山西古代文化的重要組成部分,彌足珍貴。

　　一九九三年夏秋間,山西文化界數同仁相聚漫話,都感中國古代的文人墨客、詩文大家,乃至朝廷命官,大都喜歡遊覽名山大川,并留下了許多優美的遊記篇章,散見於歷代輯録的各種典籍及個人文集中。現在雖然已出版一些遊記選集,但不免挂一漏萬,而大多遊記,又爲不易讀懂的古文。試想,如若能鈎沉更多古人遊記佳篇,加以注釋、今譯,對於讀者,尤其熱愛旅遊文化的讀者,不是一件很有意義的工作嗎?

　　此番設想,得到山西人民出版社積極回應,并於一九九四年列爲該社的重點選題,定名爲《中國遊記散文大系》。此後,便由林友光、張仁健、屈毓秀等牽頭聯絡了石紹勳、張國寧、顧全芳等,開始“大系”的搜索資料工作。半年時間内,從各地的圖書館中找到數十種典籍,進行仔細查閱、檢索,從大約五千多萬字的資料中,篩選出

一

近千名作者的遊記，并一一做了卡片。"遊記"最早從晉王羲之的《蘭亭集序》、北魏酈道元的《孟門山》起，到清末林紓的《記九溪十八澗》止，凡一千五百多年，一千四百多篇文章，可謂鴻篇巨制。

一九九五年春起至一九九八年，先后有二十位作者投入緊張的工作，約三年時間，完成初稿，又經執行主編的審核、修改，并於一九九八年秋天陸續終稿，二〇〇一年秋陸續印刷出版。二〇〇三年，一千卷十六冊、五百八十餘萬字的《中國遊記散文大系》全部與讀者見面。這真是"十年磨一劍"啊！

《中國遊記散文大系》能够付梓，要感謝當時山西人民出版社、書海出版社的多位領導，以及諸位責編、復審、終審者，他們都付出了辛勤的勞動。

當此，《中國遊記散文大系·山西卷》收入《山西文華》，再次與讀者見面之際，再次感謝山西出版界諸多人士！

編者

二〇一七年十一月

目　録

一

目

録

三

適晋紀行①

明·王世貞

　　余以庚午六月起於家，過大江，北道齊魯②，歷汴③抵衛④，出修武⑤，發寧郭驛，三十里抵清化鎮，山西之冶器集焉。渡清河，田禾益茂，嘉樹翁鬱，居人引泉水爲長溝以灌，有水碓、水磨之屬。午飯萬善驛，四旁栽白楊，蕭蕭悲風，殊益人旅愴。

　　自是始入太行，亦不甚險惡，昇夫魚貫而上，久之以爲絕頂矣，乃復有山障之，愈上愈不窮。至碗子城，爲豫并⑥界。兩山相對，數十百丈，巨壑陡絕無底。中爲嶺道，石梁如玉雪。又復數嶺，回顧中原，惝怳無盡，平楚鬱鬱，粉吐蒼翠，日色與雲氣争長。俄而，雲繚繞數十里。中亘其半，狂風驟發，萬竅怒號。食

---

① 《適晋紀行》：明代隆慶四年（1570），即庚午年，作者赴山西太原任職，本文系作者的記行之作。

② 齊魯：今山東一帶。

③ 汴：汴梁，今河南開封。

④ 衛：衛州，治所在今河南汲縣。

⑤ 修武：今屬河南。

⑥ 并：并州，古地名，轄境包含今山西省大部分地區。

頃，雨亦隨至。誦唐人"三晉①河山皆北向，二陵②風雨自東來"語，宛然若畫爲。小憩民居久之，以迫暝強發。上下峻坂泥滑，馬足鑿落，與人趾錯先後，甚窘。抵星軺驛，初鼓③盡矣。是夕凉甚，五鼓不成寐。

初九日，黎明，冒雨發。道有古祠，刻石崖表，曰"孔子回車處"。按：趙殺竇鳴犢，孔子臨河而返。此去河遠，蓋傅會語也。泥濘益甚，未抵澤州④，飯太行驛。道始平，得一小舒。暝抵樵村驛，復小雨，夜凉如前夕。

黎明，復冒雨發，晨飯高平。午後飯長平驛，即秦白起坑趙卒四十萬人處也。問居人，不能指其所，第云傍村人鋤地，尚得銅鏃如綠玉。過長平爲丹嶺，復上下險阻，可三十里而稍平。暝復小雨，抵長子縣。

十一日，五鼓發，會潞安⑤王守宮用來謁，少止。午飯余吾驛。復陟高嶺至數重，四望皆山，雲日映帶，如萬玉雉；叠嶂高低作銀海冲濤決排狀。已黑雲從東南至，大雨驟降，道路幾絕。嶔㠊輕輿中，下見數足蹣跚，旁皆絕壑。乃知浮滄海、泛長江、車太行，道以危身，借快目不易也。薄暝，渡漳河，宿褫亭驛。

十二日，凌晨發，午飯沁州。又四十里，小憩鋪舍⑥，大雨忽復作。轉入深谷中，兩旁皆峭壁，中通澗道⑦。雨益甚，飛瀑爭懸

---

① 三晉：古地區名。春秋末晉國的卿大夫韓、趙、魏三家瓜分晉國，成爲戰國時的韓、趙、魏三國，史稱"三晉"。其地包括今山西省，河南省中部、北部和河北省南部、中部。

② 二陵：即二崤。因崤山（在今河南洛寧西北）分爲東崤山和西崤山，故稱。

③ 初鼓：初更，舊時每夜分爲五個更次，晚七時至九時爲初更。

④ 澤州：今山西晉城。

⑤ 潞安：潞安府，治所在今山西長治。

⑥ 鋪舍：古代巡邏軍卒駐扎的房屋。

⑦ 澗道：山澗中的通道。

崖而下，聲如轟雷；又似蒼虬吐須鬣欲搏人。車馬濺濕，澗道水暴發。舁夫股栗，計別取高嶺箭括一門。十步九退，時時行絶磴間。陽壁直上不可捫，陰壑數十百丈，大約如蜀中左擔山①，而高下陡急不可狀，壁間飛流時時絶道，竭力爭而度。

久之，抵一鋪，且暝矣。衆前曰："更十五里爲西塘河，驟漲不易涉也。"顧視鋪室，皆已傾，無所不受雨；而民居僅土穴數家，不能容。幸雨小霽，乃決策棄行李，挾其人使佐舁，束燎而前。凡數渡水，始抵西塘河。河流砰湃磳磜，若擊數千金鉦；汹涌冲突，目不可正視。麾導騎試之，馬足雖陵兢然，不能逾腹。因賈舁者勇，亂流歡呼，擁而渡，相慶且脫險矣。

行里許，復透迤攀高嶺，其峻狹視前更倍。雨復奇作，束燎皆滅。舁夫固衆，然不能以左右輔輿，第號呼舁者，使自力而已。勉上輒前踏，下輒後踏，跬武齏粉。度不可却，奮而行。又里許，道差寬，而權店驛候火②亦至，稍稍定。抵驛，將二鼓矣。呼酒自勞，且以勞從者，察其容皆有淚漬痕，因自哂：奈何以六尺③徇一官也！是夕雨不止。

十三日，巳刻，稍晴，會行李亦至，乃發。兩岸皆高山絶雲，中爲巨澗。沿澗水而北，泉聲益奇，崩峽束流爲瀑布，爲簾，爲怒虬，爲渴虹者不一，蓋自是山皆石骨矣。第左道盡則度而右，右道盡復度而左，其險視西塘不啻類之。凡數十渡，氣竭興亦盡矣。未至南關驛，薄暮，宿來遠鎮民家，二鼓始見月。

十四日，五鼓復微雨，巳④飯盤陀驛。山自是盡，見平土矣。

---

① 左擔山：在今四川平武一帶，因山路狹窄險峻，自北而南，左肩擔的東西無法換到右肩，故此名爲"左擔"。

② 候火：驛舍迎候過往行人的燈火。

③ 六尺：指成年男子的身軀。

④ 巳：巳時，九時到十一時。

申①抵徐溝②縣，近城十里皆行沮洳間。

十五日，四鼓發，道沮洳益甚，從騎多頓委泥中，歡呼之聲相屬，久之始畢渡。

大抵自萬善至盤陀，七百餘里無非山者。其中爲澗；澗旁稍高爲道；道稍有羨地，則爲市舍；羨地稍寬而稍阜險，則爲城邑；之所不盡，坡陀上下則爲田。其最下，所視中原不啻數百千丈矣。徐溝八十里至太原。太原四塞天險，其南出澤州，東出平定③，北出代州，道皆行萬山中；獨西南抵平陽④，山以次大辟，爲康莊耳。

録自《古今圖書集成》

① 申：申時，十五時至十七時。
② 徐溝：今屬山西清徐。
③ 平定：今屬山西。
④ 平陽：今山西臨汾。

五臺山遊記^①

明·喬　宇

　　正德丙寅^②夏，發沙澗驛，由南峪口十五里入山。長松古杉，掀空障谷。鹿遊於巖，鳥鳴於叢。上嶺至華嚴口，望諸臺甚邇，靈雲怪霧，淒風密雪，相雜而起。恍然宵然，倏陰以晴。造化奇觀，不可形述。又十八盤下嶺，石徑確犖，萬澗汩汩泠泠，如笙如簧。凡揭涉七十里，至顯通寺。寺因北岡而來，風景殊絕，梵刹數十擁於左右。此下地漸寬夷。夜遂宿於顯通。

　　厥明，山空澄霽，但覺風颼颼起林間。有僧進曰："諸臺風雪繁猛，石且冰，路且泥，不利躋躡。"予笑而不顧，乘小輿徑上中臺^③。緣岡行十里，至玉亭寺。嶺丹碧暎輝，甍閣於山腰。又十里，至歡喜嶺。風果膚發，如隆冬時，幾不能往。稍憩嶺下，風忽和，遂至絕頂。見四臺各拱其方，如分如織；其形勢又各秀拔，如爭奇鬥麗於雲表。余遂題名於壁。薄晚下山，遊玉華、真容、圓通諸寺，皆清幽曠邃。寺傍飲三珠泉，馨冽異常，其沸正如珠狀。去

---

　　①　五臺山：在今山西五臺縣東北，有五座山峰聳立，山頂平坦如臺，故稱"五臺"。又稱"清凉山"或"紫府山"。與浙江普陀山、安徽九華山、四川峨眉山合稱我國佛教四大聖地，佛寺如林，僧侶雲集，至今仍有許多廟宇保存下來，明代正德元年，作者遊覽五臺山，寫下了這篇遊記。
　　②　正德丙寅：明武宗正德元年（1506）。
　　③　中臺：五臺山中間的一座山峰。

泉百步許，觀七寶珠樹，高二丈許，下爲一幹，岐分七條，上復拱合爲一，然後枝葉衍縱，披覆四下。復歸宿於寺。

又明日，離寺山行。過飯仙山、陽伯峪寺。二十里，過竹林寺。又過嶺曰"金閣殿"，唐太宗所建，今已廢。下嶺爲清凉寺，遠望宮殿，綴附半巖，儼若圖畫。南有清凉石，幅員數丈，重層復級而上，俗傳可坐千人。又行十里，晚至佛光寺①宿焉，已出在南臺②之外也。

錄自《古今圖書集成》

① 佛光寺：在今山西五臺豆村附近，現存東大殿建於唐代大中十一年（857），爲我國現存著名古代建築之一。

② 南臺：五臺山中靠南的一座山峰。

遊五臺山記①

明·王思任

萬曆庚戌，予以遷客過繁峙②。正月闖寒，銳然往觀之，邑生鄭振之導焉。由滹沱③溯峨溪④，潺潺聽廣長舌⑤也。先得圭峰寺，山顯肉土甚堅，逾石躋藤而上。前捧一峰如壁，右蓄勺泉。嘉靖⑥中虞闌人，谷民保焉，鏃飛三日不下。老僧以脫粟話古苦境也。歷熊頭、豹子，荒廢不剔。間關四十里，所過人家俱在水車風柵里。投秘密寺⑦，木叉和尚⑧修行處也，今曰"秘魔巖"。路僅絲懸，尋鐘愈杳。凍嵐迫暝，人縮馬猬。劉繁峙觴焉，而予與鄭生牛飲之。爇松投浴，夢魂冷熱挂峰西也。

---

① 《遊五臺山記》：明萬曆三十八年（1610），作者於貶謫途中登臨了五臺山。這篇遊記真實生動地記述寒冬登山的情景，筆觸奇峭詼諧，很值得一讀。

② 繁峙：今屬山西。

③ 滹沱：河名，源出山西五臺山東北泰戲山，經太行山東流入河北省，匯入子牙河。

④ 峨溪：即東峨河，發源於五臺山大黃興山下，匯合峨嶺水北流，經峨峪口匯入滹沱河。

⑤ 廣長舌：佛的舌頭。佛教認爲佛舌廣而長，能蓋住臉，伸到髮際。後用以比喻能言善辯，這里指水聲不息，如人説話喋喋不休。

⑥ 嘉靖：明世宗年號（1522—1566）。

⑦ 秘密寺：位於今山西五臺臺懷鎮西南七十餘里的維屏山秘密巖。

⑧ 木叉和尚：唐代僧人，曾在秘密巖修行，創建秘密寺。

次日禮佛，看四山矩函。欲知"秘魔"所以，蠡頭陀①慼官哆其口而已。《三昧②經》云："文殊③將百億魔宮一時敝毀，波旬④自見老贏，恐怖拄杖，謂之'弊魔'。"意或芽於此。巖之西有飛女崖。相傳代州有女不儷，父母勒之，投崖翼去。自此披巒剝峭，寒風積愁。雲繁馬頭，見有撝者，才數丈而到，衣已繡成雪朵矣。山盡豫章之材，居僧苦其荒塞，斧斤不力，在在付之一炬。樹故名"柴木"，得雨之後，精氣怒生，菌如斗壯，所謂"天花"⑤者也。牧兒得一本，輒易一縑⑥。雪甚，遂蔽馬目，宿獅子窩⑦。

次日，雪深數尺。逾金閣⑧，天忽大霽，日芒道道爭雪光，眴不可視。至午，下小清涼⑨，看般若石⑩，修廣五丈。寺後兩楹，絕壁錦堆，溪鳴琴築。我極戀此處，可以飲酒。

次日，復下小清涼，上金閣。朱甍駕壑，貝葉千巖中有立佛數丈，最爲無謂。然蟲魚篆幡，蘇苔畫座，寺不支矣。過數里，爲普

---

① 頭陀：梵語對佛教徒的稱呼。

② 三昧：梵語的音譯，意爲"正定"，即屏除雜念，使心神安定。

③ 文殊：梵文音譯"文殊師利"的略稱，意譯爲"妙吉祥""妙德"等。佛教大乘菩薩之一，以"智慧"知名。其像常侍立於釋迦的左方，爲左脅侍，與右方侍立的普賢并稱。其塑像多騎獅子。

④ 波旬：佛經中的魔王名，爲欲界第六天之主，又稱"天魔"。其名意譯爲惡者、殺者，常以憎恨佛法、殺害僧人爲事。

⑤ 天花：一作天華。佛教語，指天界仙花。這里用做真菌的名稱。

⑥ 縑：一種雙絲織的淺黄色的細絹，古代可當做貨幣使用或賞賜贈予。

⑦ 獅子窩：寺名，在今山西五臺臺懷西南二十里。傳説曾有人在此見到億萬獅子遊戲，因文殊菩薩的坐騎是獅子，獅子在此遊戲，文殊也一定在空中，所以便在這里修了寺院，取名"文殊寺"，俗稱"獅子窩"。

⑧ 金閣：金閣嶺，在今五臺山南臺西北，上有金閣寺。唐大曆五年（770），唐代宗李豫召高僧來五臺山修功德，以涂金銅瓦建佛閣，内奉觀音菩薩，稱爲"金閣"，寺、嶺均由此得名。

⑨ 小清凉：指古清凉臺，在金閣寺西北。

⑩ 般若石：又稱"清凉石"，在古清凉臺西的清凉寺内，其上可立四百餘人。般若，梵語音譯，意爲"智慧"。

門精舍①也，新福佛貌精好。中官各欲争勝，則內帑之力可頒。崖腹布樓一派，餌香客②者。雲山妙可層繞，即松徑薈幽亦有花木深意。乃從九龍岡脊取捷下澗，道以螺旋之，以狐試之。巨石礙天，老雪結石，騾蹄把滑，人面血素不定。就中惡樹怪藤，生欺强阻。想有山以來，我行第幾人也？盼見竹林寺③塔，人命差有歸著。然盤折良久，始得之。寺主澄公，慧業文人也。敕山薮，破蓮社④，唱和數絶，便欲下榻，而五臺梁明府⑤訂晤在花園寺⑥，去之。花園寺，漢明帝⑦所題"大孚靈鷲"者也，西域⑧藤蘭⑨以天眼⑩觀見文殊住此。此刹最古。梁明府先期左去，猶得藉其飲啖。寺既偉盛，而中宮以金瓦其殿。且修無遮齋⑪，鐘鳴鼎食，魄氣甚張。晋大饑，數千人走活，夜則裸而窟焉。蜀僧主之，此功德不作未來

---

①　精舍：僧人或道士修煉、居住的地方。

②　香客：到寺廟燒香的人。

③　竹林寺：在今山西五臺臺懷西南十二里，因唐代高僧在此化竹林創建寺院而得名。

④　蓮社：晋代廬山東林寺高僧慧遠，與僧俗十八位賢人結社念佛，因寺中池塘有白蓮，故以之爲名。

⑤　明府：縣令的別稱。

⑥　花園寺：即顯通寺，在今山西五臺臺懷，爲五臺山五大禪處之一。寺院始建於東漢永平（58—75）年間，因臺懷西側的山峰與古印度的靈鷲山相似，故稱爲"大孚靈鷲寺"。北魏孝文帝擴建時，因寺旁有花園，故賜名"花園寺"。明代改名"大顯通寺"。

⑦　漢明帝：即劉莊，公元58年至75年在位。

⑧　西域：漢代以來對玉門關、陽關以西地區的總稱。狹義專指葱嶺以東，廣義則指當時通過狹義西域所能到達的地區，包括亞洲中西部，印度半島，歐洲東部和非洲北部在内。後來也泛指我國西部地區。

⑨　藤蘭：西域高僧。

⑩　天眼：佛教所説的五眼（肉眼、天眼、慧眼、法眼、佛眼）之一，又稱"天趣眼"，能透視六道、遠近、上下、前後、内外及未來。

⑪　無遮齋：即無遮大會，佛教舉行的以布施爲主要内容的法會。梵語音譯"般闍於瑟"，意譯"解免"，即寬容一切，解脱諸惡，不分貴賤、僧俗、智愚、善惡，一律平等看待。每五年舉行一次，又稱"五年大會"或"無礙大地""般遮大會"。

者也。

次日，登菩薩頂①，上羅睺寺②。與西來僧坐語半晌，了不异。此中人但俱老童子③，飲水一盂，豆七粒耳。臺山共一文殊，而祈媚者各侈一事：羅睺寺曰“唐人張天覺見神燈於此”；圓照寺④以爲“舍利⑤實惠我真容院，則大士⑥現象七日而就塑者”；下塔院寺⑦則云“昔有貧女，牽犬丐食，遺髮此間，化爲金絲而去”。總之，真幻隨境妄言之，而姑試聽之何妨？又遷延而至北山寺⑧，觀金剛窟⑨，門扃不啓。相傳三世諸佛⑩、五百應真⑪，俱有事於內。又至三塔等寺，環溪叠塋，雖多圮廢，吾獨喜古佛、殘鐘、短垣。貧衲寒溫一茗，絶勝得意髠⑫作野狐態也。

次日，走北臺之半，寒風矢透，人僅槁葉。毒龍玄嶽，望之惱酸，遂以華嚴嶺⑬歸宿。嶺既巍峨，下視塔院，如一脫穎錐。又知

---

① 菩薩頂：寺院名，位於今臺懷北的靈鷲峰上，是五臺山五大禪處之一。相傳這里是文殊菩薩居住的地方，又名“真容院”“文殊寺”。該寺始建於北魏，明永樂以後成爲黃廟（喇嘛廟）之首。

② 羅睺寺：位於顯通寺東側，是五臺山五大禪處之一。

③ 童子：即童身，指未與异性有過性關系的男子。

④ 圓照寺：位於羅睺寺北，古稱普寧寺。其碑文説文殊曾在此顯相，因此也稱該寺爲“真容院”。

⑤ 舍利：梵語音譯，意爲“身骨”，又名“舍利子”，指釋迦牟尼佛遺體火化後結成的珠狀硬物。後也泛指佛教徒火化後的遺骸。

⑥ 大士：佛教對菩薩的通稱，這里指文殊菩薩。

⑦ 下塔院寺：位於顯通寺南側，五臺山五大禪處之一。原爲顯通寺的塔院，明代獨立爲寺。其中釋迦牟尼舍利塔又稱大白塔，雄偉壯麗，高聳雲霄，人們視之爲五臺山的標志。

⑧ 北山寺：即碧山寺，又名普濟寺，俗稱“廣濟茅蓬”，位於塔院寺北五里。

⑨ 金剛窟：在五臺山北臺南半坡，內塑三世佛與五百羅漢。

⑩ 三世諸佛：佛教認爲過去、現在、未來三世各有千佛出世，過去佛爲迦葉諸佛，現在佛爲釋迦牟尼佛，未來佛爲彌勒諸佛。

⑪ 應真：梵語音譯“羅漢”的意譯，指得真道的人。

⑫ 髠：削髮，對僧人的鄙稱。

⑬ 華嚴嶺：在北臺以東，今名鴻門巖，是通往東臺的必由之路。

臺山如五瓣蓮花，飯仙山①左，則青烏氏②所謂“瓣心卷阿”者也，有大力者負之而趨矣。須臾，日放，而下方正爾其雰，暫作天人一會。寒甚，指泣欲墮，黽勉而至法雲寺，不啻還家即衽之快。其室盈丈，一窗鑿翠，萬片芙蓉插入。吾又極戀此處，可以讀書。山畔古雪，大擔肩入無論，僧依爲命，既盛夏起居，一浣一滌皆雪也。“惠泉③僧狼藉④水，五臺僧亂用雪”，恐各禿必有閻報。鄭生聞之啞然，亟熱酒茹吾言。天風半夜，海立漢翻，屋瓦飛裂，攬衣狂起，而侍童以爲閑事也。

次日旭暢，從華林望東臺，俱晶砂中。耕踏雖苦，然何若春明門⑤内色味塵乎！由龍王堂上觀音坪，萬山滾蹴，似紫濤沸戰釜中各不相下者。登漫天石，則雁塞神京不須決眦，西華、東岱直跳恒山尖，一呼之耳，五百里收之瞬睫。而臺前萬年冰有培無替，遙望碧光縷縷，返照雪心者，是所謂“紺雪”⑥者耶？

録自《歷遊記》

---

① 飯仙山：在南臺以東。

② 青烏氏：傳説中的古代堪輿家，一説黄帝時人，一説秦漢時人。著有《相冢書》。

③ 惠泉：惠泉寺，在江蘇無錫惠山。山上有泉，被稱爲天下第二泉。

④ 狼藉：糟踏浪費。

⑤ 春明門：唐代都城長安東面的中門，這里隱指當時的都城北京。

⑥ 紺雪：天青色的雪。五臺山臺頂冰雪終年不化，由於日照等因素影響，呈現出深青透紅的顏色。由於五臺山是佛教聖地，人們便把這種天青色的冰雪稱爲佛雪。

遊五臺山日記^①

明·徐宏祖

癸酉^②七月二十八日，出都，爲五臺遊。越八月初四日，抵阜平^③南關。……

初五日，……登長城嶺^④絶頂，迴望遠峰，極高者亦伏足下。兩旁近峰擁護，惟南來一綫有山隙，徹目百里。嶺之上，巍樓雄峙，即龍泉上關^⑤也。……關之西，即爲山西五臺縣界。下嶺甚平，不及所上十之一。十三里，爲舊路嶺，已在平地。有溪自西南來，至此隨山向西北去，行亦從之。十里，五臺水^⑥自西北來會，合流注滹沱河。乃循西北溪數里，爲天池莊。北向塢中，二十里，

---

① 《遊五臺山日記》：明崇禎六年（1633），徐宏祖年已四十八歲，他不顧天氣寒冷和行程艱難，僅用短短四天便跑遍了東、南、中、西、北臺。他的日記詳細記述了途中的所見所聞。

② 癸酉：即明崇禎六年。

③ 阜平：今屬河北。

④ 長城嶺：位於今山西、河北兩省邊境上，因長城蜿蜒其上，故名。

⑤ 龍泉上關：龍泉關在今河北阜平西七十里，有上下兩關，相距二十里。下關在東，上關在西。

⑥ 五臺水：今稱清水河，源出中臺、西臺、北臺、東臺諸峰南麓，匯合五臺縣境内其他河流，向南注入滹沱河。

過白頭庵村，去南臺①止二十里。四顧山谷，猶不可得其仿佛。又西北二里，路左爲白雲寺。由其前南折，攀躋四里，折上三里，至千佛洞，乃登臺間道。又折而西行，三里始至。

初六日，風怒起，滴水皆冰。風止日出，如火珠②湧吐翠葉中。循山半西南行，四里，逾嶺，始望南臺在前。再上爲燈寺③，由此路漸峻。十里，登南臺絶頂，有文殊舍利塔。北面諸臺環列，惟東南、西南少有隙地；正南，古南臺④在其下，遠則盂縣⑤諸山屏峙；而東與龍泉爭雄接勢。從臺右道而下，途甚夷，可騎。循西嶺西北行十五里，爲金閣嶺。又循山左西北下，五里，抵清凉石⑥，寺宇幽麗，高下如圖畫。有石爲芝形，縱橫各九步，上可立四百人，面平而下鋭，屬於下石者無幾。從西北歷棧拾級而上，十二里，抵馬跑泉⑦。泉在路隅山窩間，石隙僅容半蹄，水從中溢出。窩亦平敞可寺，而馬跑寺反在泉側一里外。又平下八里，宿於獅子窠⑧。

初七日，西北行十里，度化度橋。一峰從中臺⑨下，兩旁流泉淙淙，幽靚迥絶。復度其右澗之橋，循山西向而上，路欹甚。又十

---

① 南臺：五臺之一。據《清凉山志》記載："頂若覆盂，周一里，亦名錦繡峰。山峰聳峭，烟光凝翠，細草雜花，千巒彌布，猶鋪錦然，故以名焉。"海拔2485米，爲五臺中最低的一臺。

② 火珠：火齊珠，大如鷄蛋，皎潔瑩白，光射數尺，狀如水晶。

③ 燈寺：即金燈寺，在南臺的東北麓。

④ 古南臺：古人所稱五臺，歷史上位置都有變化。據《清凉山志》記載，古南臺在南臺南二里。

⑤ 盂縣：今屬山西。

⑥ 清凉石：即般若石。

⑦ 馬跑泉：即清凉泉。

⑧ 獅子窠：即獅子窩。

⑨ 中臺：五臺之一。《清凉山志》記載："頂平闊，周五里，亦名翠巖峰。巔巒雄曠，翠靄浮空，因爲名，與西北二臺接臂。"海拔2894米，在五臺中居第二位。

里，登西臺①之頂，日映諸峰，一一獻態呈奇。其西面，近則閉魔巖②，遠則雁門關，歷歷可俯而挈也。閉魔巖在四十里外，山皆陡崖盤亘，層累而上，爲此中奇處。入叩佛龕，即從臺北下，三里，爲八功德水③。寺北面，左爲維摩閣。閣下二石臺聳起，閣架於上，閣柱長短，隨石參差，有竟不用柱者。其中爲萬佛閣，佛俱金碧旃檀，羅列輝映，不啻萬尊。前有閣二重，俱三層，其周廬環閣亦三層。中間復道④，往來空中。當此萬山艱阻，非神力不能運此。從寺東北行；五里，至大道；又十里，至中臺。望東臺⑤、南臺，俱在五六十里外；而南臺外之龍泉，反若更近；惟西臺、北臺⑥相與連屬。時風清日麗，山開列如須眉。余先趨臺之南，登龍翻石⑦。其地亂石數萬，涌起峰頭，下臨絶塢。中懸獨聳，言是文殊放光攝影⑧處。從臺北直下者四里，陰崖懸冰數百丈，曰"萬年

---

① 西臺：五臺之一。《清涼山志》記載："頂平廣，周二里，亦名挂月峰。月墜峰巔，儼若懸鏡，因以爲名。其上有泉，群山拱合，巖谷幽潜。"海拔2773米，居五臺第四。臺上有隋代所建法雷寺。

② 閉魔巖：即秘魔巖。

③ 八功德水：佛教指西方極樂世界具有八種功德的水，即一甘，二冷，三軟，四輕，五清净，六不臭，七不損喉，八不傷腹。這裏指西臺北麓的一處泉水。

④ 復道：多層樓閣之間架空的通道。

⑤ 東臺：五臺之一，《清涼山志》云："頂若鰲背，周三里，亦名望海峰。若夫蒸雲寝壑，爽氣澄秋，東望明霞，若波若境，即大海也。"海拔2795米，居五臺第三位。臺頂有始建於隋的望海寺。

⑥ 北臺：五臺之一。據《清涼山志》記載："頂平廣，周四里，亦名葉斗峰。其下仰視，巓摩斗杓，故以爲名。"海拔3058米，爲五臺中最高的山峰，臺頂山高風猛，人難停留，至明代才建有靈應寺。

⑦ 龍翻石：在中臺南側。相傳是青龍來取"歇龍石"，迷霧中橫冲直撞所留下的遺迹，故名"龍翻石"。實際這是一種特殊的地貌形態：中臺以平行排列的片麻巖爲主。由於長期冰凍和融化作用，碎屑沉積，結冰以後體積膨脹，將較大石塊擠得直立起來，形成像斷碑殘碣布滿地表一樣的現象。

⑧ 文殊放光攝影：在高山上俯視雲海，日光將人影投射在雲海上形成人形黑影，其四周還圍繞有七色光環。古人無法解釋，便附會爲菩薩放光顯影。

冰"。其塢中亦有結廬者。初寒無幾，臺間冰雪，種種而是。聞雪下於七月二十七日，正余出都時也。行四里，北上澡浴池①。又北上十里，宿於北臺。北臺比諸臺較峻，余乘日色周眺寺外。及入寺，日落而風大作。

初八日，老僧石堂送余，歷指諸山曰："北臺之下，東臺西，中臺中，南臺北，有塢曰臺灣②，此諸臺環列之概也。其正東稍北，有浮青特銳者，恒山③也。正西稍南，有連嵐一抹者，雁門也。直南諸山，南臺之外，惟龍泉爲獨雄。直北俯內外二邊④，諸臺如蓓蕾，惟茲山之北護。峭削層叠，嵯峨之勢，獨露一班。此北臺歷覽之概也。此去東臺四十里，華嚴嶺在其中。若探北嶽⑤，不若竟由嶺北下，可省四十里登降。"余頷之。別而東，直下者八里，平下者十二里，抵華嚴嶺。由北塢下十里，始夷。一澗自北，一澗自西，兩澗合而群峰湊，深壑中"一壺天"⑥也。循澗東北行，二十里，曰"野子場"。南自白頭庵至此，數十里內生天花菜，出此則絶種矣。由此兩崖屏列鼎峙，雄峭萬狀，如是者十里。石崖懸絶中，層閣杰起，則"懸空寺"也。石壁尤奇，此爲北臺外護山。不從此出，幾不得臺山神理云。去北臺七十里，山始豁然，曰"東底山"。臺山北盡，即屬繁峙界矣。

錄自《徐霞客遊記》

---

① 澡浴池：又稱"萬聖澡浴池"，在中臺、北臺之間。《清涼山志》記載："古有涌泉，澄潔可愛。遊人臨之，於天光雲影之間，或見天仙、沙門、蓮華、錫杖之狀，人或以爲菩薩盥掌之所。"

② 臺灣：即臺懷，又稱楊林，距各臺均在三四十里之間，是五臺山的中心，集中了許多有名的寺廟。

③ 恒山：指河北曲陽西北的大茂山。從漢代到明代祭祀北嶽恒山，都在曲陽。明人定山西渾源的玄嶽爲恒山，清初才改爲在此祭祀。

④ 內外二邊：指山西北部的內、外長城。在雁門關附近向東、西延伸的爲內長城，在山西、內蒙古交界處向東、西延伸的爲外長城。

⑤ 北嶽：指山西渾源境內的恒山。

⑥ 一壺天：形容在狹窄的深谷中，只能見到壺口大小的天空。

扈從西巡日録①

清·高士奇

　　康熙二十二年②，二月壬辰③，度長城嶺，又名"十八盤"。……過嶺入山西界，蹊塗開廣，大雪彌望。清凉諸峰，森列可數。時有二鹿，遊戲巖岫，呼之即至。臣士奇曰："此豈山靈所獻邪？"

　　車駕④小憩白雲山寺，寺在南臺東北十餘里。明嘉靖⑤間，有行者⑥生而皓首，卓錫⑦於此，後不知所終，故舊名曰"白頭庵"。

　　望海寺在半岡萬松之表。栖賢社在栖賢谷口。靈鷲峰乃中臺支山，五峰類髻，稱"菩薩頂"。峰右有甘露泉，味最甘冽。大文殊寺，唐釋法雲所建。相傳殿成時，文殊現像雲中命塑工安生肖之，名曰"真容院"。……寺爲西域僧所居，金花⑧、寶蓋⑨充滿其中，佛火僧厨歲有常給。上入殿瞻禮。

------

　　①　扈從：隨從護駕。日録：日記。清康熙二十二年，清聖祖愛新覺羅·玄燁赴五臺山遊覽，作者隨從同往。他的日記詳細記録了遊五臺山的所見所聞。

　　②　康熙二十二年：公元 1683 年。

　　③　二月壬辰：二月二十日。

　　④　車駕：帝王所乘坐的車，也用爲帝王的代稱。

　　⑤　嘉靖：明世宗年號（1522—1566）。

　　⑥　行者：行脚乞食的苦行僧人。

　　⑦　卓錫：卓，植立；錫，錫杖，僧人外出所用。卓錫，指僧人居留某處。

　　⑧　金花：金波羅花的簡稱，指金色蓮花。

　　⑨　寶蓋：飾有寶玉的傘蓋，一般挂在佛菩薩及講師、讀師的高座上。

既畢，復歷廣宗、永明、圓照、塔院、羅睺、殊像諸寺，皆在靈鷲峰之麓，土人名曰“臺懷”，清涼最佳處也。廣宗寺，明正德①年，爲生民祈福建，鑄銅爲瓦，因呼“銅瓦殿”。永明寺，建自漢明帝永平②中，以山形似鷲嶺③，故名“大孚靈鷲寺”。元魏孝文帝④置十二院，環匝鷲峰，前有雜花園，亦名“花園寺”。元好問《臺山雜詠》所云“山上離宮⑤魏故基，黄金佛閣到今疑”是也。唐太宗時重加葺治，武后⑥改稱“大華嚴寺”，明成祖⑦賜額“大顯通寺”，萬曆⑧中又更“永明寺”。中有無梁殿，架不爲之，不設寸木，崇隆深廣，疑有鬼工。寺後銅殿一區、銅塔五座，工制俱極精巧。圓照寺在永明寺左，古稱“普寧寺”。大寶塔院寺，在

----

　　①　正德：明武宗年號（1506—1521）。

　　②　永平：漢明帝年號（58—75）。

　　③　鷲嶺：即鷲山，靈鷲山的簡稱。在古印度摩揭陀國王舍城東北。梵名“耆闍崛山”。山中多鷲，或言山頂似鷲，故名“鷲山”。相傳釋迦牟尼曾在此居住和說法多年，後遂代指佛地。

　　④　元魏孝文帝：即拓跋宏，後改漢姓元，又稱元宏，北魏皇帝，公元471年至499年在位。

　　⑤　離宮：正宮之外供帝工出巡時居住的宮室。

　　⑥　武后：即武則天，唐高宗皇后，武周皇帝。名曌，并州文水（今山西文水東）人。唐太宗時入宮爲才人，太宗死後爲尼。高宗時被召爲昭儀，永徽六年（655）立爲皇后，參與朝政，號天后，與高宗并稱“二聖”。弘道元年（683）中宗即位，她臨朝稱制。次年，廢中宗，立睿宗。載初元年（689）廢睿宗，自稱聖神皇帝，改國號爲周，史稱“武周”。神龍元年（705）中宗復位，上尊號爲則天大聖皇帝。

　　⑦　明成祖：即朱棣，朱元璋第四子。明代皇帝，年號永樂，公元1402年至1424年在位。初封燕王，鎮守北平（今北京）。建文元年（1399）起兵，自稱“靖難”，四年攻克南京，奪取帝位。

　　⑧　萬曆：明神宗年號（1573—1620）。

永明寺南，明萬曆戊寅①，孝定皇后②重建，内有阿育王③所置佛舍利④塔，文殊髮塔⑤在其左側。後殿轉輪藏⑥，纓絡周垂，絢以金碧，朱輪潛運，環轉如飛。羅睺寺在塔院東北隅，蓮花藏規制甚異，俗謂"花開見佛"也。

去鷲峰三里許爲梵仙山，……山左有殊像寺，塑文殊駕狻猊⑦像，莊嚴獨絕。傳爲神人所造，見者肅然。時日將暮，遥望紫霞谷，群峰環抱，林木隱翳。駕循山徑幸妙德庵，講堂⑧深邃，門庭⑨虛肅。即《志》所載無邊禪師掘得銅鉢處，舊名"大鉢庵"。駐蹕菩薩頂。

癸巳⑩，由金燈寺登南臺。山石磽确，細路沿雲，三十七里。頂若覆盂，五六月間，細草雜花，布滿巖谷，鋪若錦繡，故名"錦繡峰"。……其上有普濟寺，寺後普賢塔。古南臺相去五里。雲開日出，雪光眴目。騁望之際，萬峰同縞。

清凉石在清凉谷嶺西保安寺内，崇六尺五寸，圍四丈七尺，石

---

① 萬曆戊寅：萬曆六年（1578）。

② 孝定皇后：應爲孝定皇太后。李氏，明代漷縣（今北京通州區南）人，神宗生母。明穆宗隆慶元年（1567）封爲貴妃。神宗即位，尊爲慈聖皇太后。

③ 阿育王：意譯無憂王，古印度摩揭陀國孔雀王朝國王。初信奉波羅門教，即位後，歸信佛教，在境内廣建寺塔。曾在華氏城（今印度比哈爾邦的巴特那）舉行過第三次佛典結集，并派傳道僧到國外布教，對後來佛教的發展很有影響。

④ 舍利：相傳爲釋迦牟尼遺體火化後結成的珠狀硬物。擊之不壞，焚之不焦，并有光明神驗。《魏書·釋老志》："於後百年，有王阿育，以神力分佛舍利。"

⑤ 文殊髮塔：據明《清凉山志》記載："昔有文殊化爲貧女，遺髮藏此。"遂建文殊髮塔。

⑥ 轉輪藏：寺廟中一種塔形木結構建築。内藏佛經，下大上小，高十米左右，依次爲藏座、藏身和天宫樓閣，繪有佛像、圖案等，多爲八角形，分若干層，可左右旋轉。佛教徒認爲轉動它，可以祈福。

⑦ 狻猊：獅子。

⑧ 講堂：佛教徒講經説法的堂室。

⑨ 門庭：迎着大門的庭院。

⑩ 癸巳：二十一日。

面如砥，細理成文，天然綺藻。傳有頭陀趺坐①説法，梵音②琅琅，近之即失，後人目之爲曼殊③牀。

金閣寺在臺西北，昔人見金閣浮空，建寺擬之。寺有鎏金立佛，高五丈許。蟲魚篆幡，蘚苔畫座，寺不支矣。左有天盆谷，如仰盆狀。山北爲車溝，兩崖深峭若車箱然；又以曲徑迤透，名曰"蛇溝"。龍樹庵殿壁傾圮，嘉靖間僧寶印、楚峰、玉堂結庵同居，巨釜尚存。

甲午④，遊萬聖澡浴池。在中、北二臺間，方廣三尺，甃菩薩坐下。池前有片石鑴文殊足迹。殘鐘短垣，蕭然四壁。相傳池本一潭，樵夫臨之，於光天日影中見天仙、沙門、蓮花、錫杖之狀，人或以爲菩薩盥掌之所。四方人士盛暑時，多持香花、拭巾投之。後人鑿方爲池，構宇其上，靈相⑤遂隱。

自此望北臺，岵嶒橫雲，如在天際。蜿蜒一徑，右逼嶐嶒，左臨峭削。冰凝雪積，石滑路危。下馬徐行，足跰跰自戰。將至臺上，猛風霶發，凜若隆冬，吹人如槁葉，幾墮磵中。雖衣重裘，寒氣矢透。上解御服文狸⑥裘及麋鹿⑦裳，命臣衣之，頓覺陽和被體，真異數也。北臺高四十里，頂平廣，周三里，名"葉斗峰"，寺曰"靈應寺"。峰勢摩天，搔首可捫。白雲英英，吞吐萬狀。俯瞰諸峰，烟靄糅雜，怳然窅然，倏陰倏晴，造化奇觀，莫可殫述。臺側黑龍池，一名"金井"，上有龍祠，禱雨輒應，池廣不盈丈。

① 趺坐：佛教徒盤腿端坐的姿勢，雙足交叠，或左足放在右腿上，或右足放在左腿上。

② 梵音：梵唄，指佛教徒講經時歌贊的聲音，一指古印度語音。

③ 曼殊：又作曼殊室利，梵語音譯。也譯作文殊師利，即文殊菩薩。

④ 甲午：二十二日。

⑤ 靈相：佛教語，指神佛的妙相。

⑥ 文狸：毛色有花紋的狸猫。

⑦ 麋鹿：哺乳動物。毛淡褐色，雄的有角，頭臉像馬，角像鹿，尾像驢，頸像駱駝，也叫"四不像"，是原產中國的一種稀有珍貴獸類。

取道入華嚴谷，一名"東臺溝"。登東臺，巉崖絕礓，約高三十餘里，頂若鰲脊，名"望海峰"，寺曰"望海寺"。蓋東望明霞若波若鏡，即大海也，因以爲名。頂有漫天石，《志》傳夏則流液，夜則有光。下山行二十餘里，歷碧山寺，舊爲"北山寺"，像教①精嚴，梵唄清越，是息心②净行③之地也。

乙未④，登西臺法雷寺。松杉交蔭，叢柯隱景，隔樹見從騎折旋而上，如閣棧然。臺高三十五里，頂平廣。月墜峰巔，儼若懸鏡，故曰"挂月峰"。時方晴曉，殘月半輪猶在巖際。八功德水在臺北，牛心石在臺東，土人云可療心疾⑤。從臣競請鑿取。御書"歲月"。

《志》云中臺與西、北二臺相接，高三十九里，單椒清曠，翠靄棚叠，名"翠巖峰"，中有演教寺。南眺晋陽，北俯沙塞。元好問詩云："巔風作力掃陰霾，白日青天四望開。好個臺山真面目，爭⑥教坡老⑦不曾來。"登此讀之，足以豪矣。

東南麓有萬壽寺，即玉華寺。隋時五百應真⑧栖此，有騾數十匹，不用人馳能入市運糧，過夏輒隱。是時，白蓮生池，堅瑩若玉，七日乃爍。代州守甃爲池，《志》曰"玉華"。今有鐵羅漢五百軀，各具山林瀟灑之相。漱玉華泉，清冷獨异。壽寧寺在南嶺，

---

① 像教：釋迦牟尼離世，諸大弟子想慕不已，刻木爲佛，以形象教人。這裏指佛像。

② 息心：梵語"沙門"的意譯。指勤修善法，去除惡行。

③ 净行：修行。

④ 乙未：二十三日。

⑤ 心疾：心臟病。一指精神病。

⑥ 争：怎。

⑦ 坡老：對蘇軾的尊稱。蘇軾，字子瞻，號東坡居士，北宋眉山（今屬四川）人。嘉祐進士，曾在徐、湖、杭等州任職，翰林學士，官至禮部尚書。後又貶謫惠州、儋州。與父洵、弟轍，合稱"三蘇"。爲文汪洋恣肆，明白暢達，爲"唐宋八大家"之一。此外，詩詞書畫皆通。著有《東坡七集》等。

⑧ 應真：佛教語，羅漢的意譯，指修行得道的人。

古名“王子焚身寺”。宋景德①初改建曰“壽寧寺”。

上親題御書，分賜諸寺。天章②瑰麗，炳燭名山，隆古所未有也。……山當西北荒寒之地，遊屐鮮至，惟於盛夏僧徒法侶裹糧以從，禮佛而返，流連題詠者不多見焉。臣今扈從獲登是山，周覽名勝，誠宇內之怪異詭觀也。

山有五峰，脉絡倚伏，皆於中臺相屬。梵刹百餘，丹堊輝暎，昏鐘曉磬，響答雲外。沙泉決決，環流於長松細石間。徑轉峰回，一水屢度。林木葱鬱，盡在巖阿。有杉叢生，下視若薺，土人目爲“落葉松”，又曰“柴木”。雨餘，産菌如斗，其色乾黃，是謂“天花”。其在陰崖叢薄，落葉委積，蒸濕怒生白莖紫傘，是謂“地菜”。又有銀盤③、猴頭④，皆菌屬，味亦香美。名花有五：曰日菊⑤、曰金芙蕖⑥、曰百枝⑦、曰鉢囊⑧、曰玉仙⑨。异草有三：曰

---

① 景德：宋真宗年號（1004—1007）。
② 天章：指帝王的詩文。
③ 銀盤：又分爲兩種，一種稱爲大白桩菇，俗名“白銀盤”；一種稱肉色杯傘，俗名“紅銀盤”，都是五臺山的特産。
④ 猴頭：即猴頭菌，形似猴頭，生於林間樹木上，肉嫩、味香、鮮美可口，可食用與藥用。
⑤ 日菊：即向日葵，又稱朝陽花。菊科，一年生草本植物。
⑥ 金芙蕖：即金蓮花，又稱旱地蓮，蔓生草本植物。夏季開花，可供觀賞和藥用。
⑦ 百枝：指草薢，多年生藤本植物，根莖可供藥用。一指狗脊，草名，根可入藥。
⑧ 鉢囊：僧人裝銅鉢的口袋。這里指一種好像鉢囊的花朵。
⑨ 玉仙：五臺山特有的一種花，今名不詳。

菖蘴①、曰鷄足②、曰菩薩綫③。其禽有山烏④、寒號蟲⑤。山烏似烏而小，赤嘴，穴乳，《爾雅》⑥所謂鸒也。……

丙申⑦，車駕發自菩薩頂。去臺懷二十餘里，經一山村，崇岡灌木，微見曦影。禪栖⑧數楹，在山深處。前有古樹，高二丈許，枝幹盤虬，相傳爲娑羅樹⑨也。……其生特異，凡木樹數百枝，枝十餘頭，頭六七葉，惜未見其花時也。

出谷瀕大溪行，水、石與馬蹄聲相激。一虎伏道旁灌莽間，逐之，即登山椒，復躍至平陸。上援弓射之，立斃。巡撫山西右副都御史穆爾塞、按察司庫爾康奏言：此虎盤踞道左，傷人甚衆。皇上巡幸茲土，爲商旅除害，當名其地爲"射虎川"。固請至再，上乃可之。虎皮留大文殊寺。……下長城嶺，駐蹕龍泉關。

録自《小方壺齋輿地叢鈔》

---

① 菖蘴：五臺山特有的一種草，今名不詳。

② 鷄足：五臺山特有的一種草，今名不詳。

③ 菩薩綫：五臺山特有的一種草，今名不詳。

④ 山烏：鴉的一種，又名"鸒"。

⑤ 寒號蟲：動物名，外形如蝙蝠而大。又名"鶡鴠"。元末明初陶宗儀《輟耕録·寒號蟲》："五臺山有鳥，名寒號蟲，四足，有肉翅，不能飛，其糞即五靈脂。"明李時珍《本草綱目·禽二·寒號蟲》［釋名］引郭璞曰："鶡鴠，夜鳴求旦之鳥，夏月毛盛，冬月裸體，晝夜鳴叫，故曰寒號。"

⑥ 《爾雅》：我國最早解釋詞義的專著，漢初由學者綴輯周、漢諸書舊文，遞相增益而成，是考證詞義和古代名物的重要資料。後代經學家常用以解說儒家經義，至唐宋時成爲"十三經"之一。

⑦ 丙申：二十四日。

⑧ 禪栖：佛教徒出家隱居修行。這里指寺院。

⑨ 娑羅樹：梵語音譯，即柳安。原產印度、東南亞等地，常綠喬木，木質優良。

臺懷隨筆①

清·王　昶

乾隆五十七年②，駕幸五臺，蓋西巡第五次也。

二十日，自大教場③啓行。月甚明，過招提寺，尖營④。兩山盤旋曲折，徑已狹。又十里，過石印寺，尖營，爲龍泉關。關有城，氣象峻整。從此盤屈而上，下臨絕壑，幾八九里，名“長城嶺”。雉堞參差，或云即蒙恬⑤所築者。以余扈蹕所經，如田盤之蓮花嶺、古北口之青石梁，斗峭皆不如也。過嶺即山西界，殘雪尚存，凝冰未化。馬蹄滑砣，時有戒心。巳刻⑥，至臺麓寺行宮⑦。此爲射虎川，聖祖殪虎於此。南有挂甲樹，俗傳楊延昭⑧曾挂甲也。午前清寒，復須重裘矣。往年過嶺，輒遇風雪。今晴朗無塵，

---

①　《臺懷隨筆》：清乾隆五十七年，清高宗弘歷第五次遊歷五臺山。作者隨從前往，文中簡要地記述了這次遊歷的情況。隨筆，散文文體之一。隨手筆録，不拘一格。

②　乾隆五十七年：公元1792年。

③　大教場：在今河北阜平境内，當時建有行宮。

④　尖營：旅途中稍事休息和飲食。

⑤　蒙恬：秦朝大將。秦統一六國後，率兵三十萬擊退匈奴，并西起臨洮，東至遼東，修築萬里長城。公元前210年，被秦二世胡亥逼令自殺。

⑥　巳刻：上午九時至十一時。

⑦　行宮：古代京城以外供帝王出行時居住的宮室，義同“離宮”。

⑧　楊延昭：北宋將領。本名延朗，楊業之子，世稱“楊六郎”。戍邊數十年，屢敗遼軍，官至高陽關副都部署。

扈從者皆額手志慶。山西布政使①蔣兆奎、按察使②特克慎、運使③李學錦，皆來見。

二十一日，寅刻④微雨，入土一二分。卯刻⑤，復雨旋霽，頗可壓塵。十八里，過金剛庫，尖營。望西諸山積雪，玉簪粉障，高於雲齊。往時適滇，望點蒼⑥；適蜀，見德爾格⑦番境，皆有此景。不圖今復覯奇勝，宜爲曼殊師利法王子⑧所居，名以“清凉”不虛也。又十八里，至白雲寺。上入寺禮佛畢，還宮。

二十二日，上過殊祥寺⑨拈香，又上菩薩頂。頂在行宮上三里許，蓋山之主寺，以奉曼殊師利者。元番僧大寶法王⑩始居此。本朝續居之。而國師⑪章嘉呼圖克圖⑫寂後，遷其棺建塔於鎮海寺。是以蒙古王公常遣其屬來熬茶⑬，布施不絕。喇嘛甚多，富倍於他

---

① 布政使：清代一省總督、巡撫屬官，專管一省的財賦和人事。

② 按察使：清代各省總督、巡撫屬官，主管一省的司法，與布政使并稱“兩司”。

③ 運使：即鹽運使，主管一省鹽務。

④ 寅刻：凌晨三時至五時。

⑤ 卯刻：早上五時至七時。

⑥ 點蒼：點蒼在今雲南大理西。一稱靈鷲山，又稱蒼山。山勢高峻，積雪終年不化。

⑦ 德爾格：即德爾格忒宣慰司，在今四川甘孜州德格、白玉、石渠等縣一帶，境内多雪山。

⑧ 曼殊師利法王子：即文殊菩薩。

⑨ 殊祥寺：即殊相寺。

⑩ 元番僧大寶法王：指元代西藏薩嘉派佛教的第五代祖師、元世祖忽必烈的帝師帕思巴。他精通顯密法，曾奉詔制蒙古文字，卒後謚“皇天之下一人之上開教宣文輔治大聖至德普覺真智佑國如意大寶法王西天佛子大元帝師”。

⑪ 國師：帝王封賜僧人的尊號。

⑫ 章嘉呼圖克圖：清代所封喇嘛教呼圖克圖之一，主管内蒙古地區喇嘛事務。這里指三世章嘉呼圖克圖業西丹畢蓉梅。清乾隆年間，每年夏天他都要到五臺山修行弘法。清高宗弘歷遊歷五臺山，他四次接駕，深得寵信。

⑬ 熬茶：喇嘛教信徒向寺廟布施酥油茶及金錢等物，稱爲熬茶。

處。喇嘛傳寫宗喀巴①之教，主清净而衣黄者爲正。上拈香畢，旋宫。申刻②，大雪繽紛，至亥刻③止。

二十三日，晨起，望顯通、羅睺、塔院、南臺諸寺，紅墻碧瓦，皆在珠雪中，絶景也。因各山徑雪厚盈尺，未易掃除，命暫停臨幸。

二十四日晨，晴。上幸鎮海、顯通、羅睺三寺。午後，余亦策馬往禮曼殊大士。顯通爲沙門居，羅睺則喇嘛居之。然喇嘛實山西、直隸④人也。顯通規模宏敞，爲山中寺院第一。前文殊殿，中如來殿，後殿供文殊、普賢、觀音三大士像。末銅殿，柱礎牖户皆銅爲之，然視昆明太和宫差小。前者五塔，以象五臺，亦範銅焉。晚，雨迄亥刻止，西北諸山則皆雪也。聞東澗寒流，琤琮不絶。

二十五日，晴。卯初刻⑤，上詣菩薩頂熬茶。喇嘛布薩⑥。復幸玉華池、壽寧寺，旋行宫。

二十六日，西北風寒頗厲。上幸殊相寺而還。

二十七日，早寒，至白雲寺。

二十八日，至臺麓寺。

二十九日，丑三刻⑦起程。

録自《小方壺齋輿地叢鈔》

---

① 宗喀巴：西藏喇嘛教格魯派（黄教）創始人。本名羅桑扎巴，青海湟中人。藏族稱湟中爲"宗喀"，故稱宗喀巴。他提倡僧人嚴守戒律，規定學經次第，嚴密寺院組織。明永樂七年（1409），在拉薩創辦并主持大祈願會，興建甘丹寺，從而形成格魯派。這一教派後來在西藏成爲執政教派，并在藏蒙等地廣泛流傳。

② 申刻：下午三時至五時。

③ 亥刻：晚上九時至十一時。

④ 直隸：清代指京師所轄州府，即今北京、河北和山東、河南的小部分地區。

⑤ 卯初刻：梁武帝天監年間（502—519），以八刻爲一辰，晝夜十二辰共分九十六刻，一刻約相當現在計時制的十五分鐘。卯初刻，即相當於早上五時一刻。

⑥ 布薩：梵文音譯，意譯爲净住、善宿、長養、斷增長，爲一種佛教儀式。指出家僧尼每隔一段時間集會一次，專誦戒律，稱爲"説戒"，認爲能長養善法，增長善法。

⑦ 丑三刻：相當於後半夜一時四十五分。

遊五臺日記①

清·王介庭

　　丙申②九月，十九日，過長城嶺，至益壽寺。其勢漸高，盤折而上，有二十餘里，自辰③及午④，始達巔頂。兩騾汗下如洗，余下轎令其喘息，乃携李哨官⑤三數人上長城。見長城隨山高下，俯仰彎環，一如長龍，何其雄也！然已節節坍塌，不可收拾。城上有斷碑，額曰"長城碑記"，字多漫滅，不可讀，大約言龍關⑥之扼要。傍臥鐵炮一尊，鑄有年月，上曰"崇禎戊寅⑦，總監軍門⑧方倡捐"；下曰"監造把牌⑨尚邦泰"。徘徊摩挲，有愴然下涕之感。詩曰："扼要龍泉古有關，兩朝遺物⑩鎮窮邊。長城火器俱無用，

---

　　① 《遊五臺日記》：清光緒二十二年（1896），身任直隸布政使的作者由保定（今屬河北）啓程，遊覽了五臺山。這幾篇日記便詳細記述了他的旅途見聞和感受。

　　② 丙申：即光緒二十二年。

　　③ 辰：辰時。上午七時至九時。

　　④ 午：午時，中午十一時至下午一時。

　　⑤ 李哨官：指隨從護送的哨官李丙義。清代兵制以百人爲一哨，哨官即統領一哨的長官。

　　⑥ 龍關：即龍泉關。

　　⑦ 崇禎戊寅：明崇禎十一年（1638）。

　　⑧ 軍門：明代稱總督、巡撫爲軍門。

　　⑨ 把牌：即把總，下級武官。

　　⑩ 兩朝遺物：指明洪武年間修的長城和崇禎年間鑄的大炮。

大寶①由來只聽天。”過長城嶺，亦有五律一首，云：“曉過長城嶺，輕寒似早秋。登峰逐飛鳥，轉壑失前驅②。古寺花爭放，深山水亂流。解鞍聊小憩，松下風颼颼。”

本意住石咀子。正行間，道傍有聖帝廟演戲，余下轎遊嬉。忽有喇嘛，姓張名扎世磋爾，稱識余，於稠人中肅客入座，意甚恭。寒暄數語，便問寶山③。據云：“臺麓寺僧。”并云：“寺去此數武，敦請一臨。”一出之後，即隨之往。廟宇宏敞，丹堊新施，頗屬巨麗。進山門見架上撐一雄虎，問之。對曰：“此村名射虎川。仁皇帝④幸五臺道此，見一虎，射殺之，村得名以此。”復殿坐落山坡，松柏古翠，回抱如屏。指顧之間，忽有喇嘛黃衣出迎，遂入方丈。知爲臺麓大喇嘛，磁州⑤人，姓藺，藺相如之裔冑，名羅讓吹片。磁與鄴接壤，殷殷有同鄉意，留客甚堅。固辭，而行李輿馬已到。寺中舍館一定，盛筵便開，羶肉酪漿，既醉且飽。又爲余部署遊臺各事。

二十日早，發射虎汛⑥。把總侯虎文負弩前驅，藺法師亦令執事僧⑦武喇嘛，名羅讓王字爲向導。垛⑧上馬五，隊上馬五，武喇嘛馬二，共十二馬，一齊前進。途中山重水復，人家絕少，荒凉之

---

① 大寶：《易·系辭下》：“聖人之大寶曰位。”後因以“大寶”指帝位。
② 前驅：指騎馬在前邊開路的侍從。
③ 寶山：對僧道等人所住山或寺院的尊稱。
④ 仁皇帝：即清聖祖愛新覺羅·玄燁，公元1661年至1722年在位，年號康熙，死後謚“仁”。
⑤ 磁州：今河北磁縣。
⑥ 汛：汛地，明清時有軍隊駐守的地方。
⑦ 執事僧：主管具體事務的僧人。
⑧ 垛：明代兵制名，軍戶三家爲一垛。

至。《李陵①答蘇武②書》："涼秋九月，塞外草衰。胡地玄冰③，邊土慘裂。"今於吾身親見之矣。有腹稿一首曰："絶壑④崩崖⑤際，羊腸⑥傍嶺根。朔風⑦鳴老樹，白日照荒村。山合疑無路，松開忽有門。勞人⑧真草草⑨，吾欲返家園。"臺麓距五臺僅五十里耳，自辰及申⑩，五時之久始到，則路之難行可想。

二十一日，武喇嘛覓一山兜⑪，朝中臺。騾垛二，載大毛皮衣、帳褥暨食用等物，恐不果下，將借榻僧寺。一路所經，廟宇甚多，皆金碧輝煌，晶瑩奪目。二十里，過雨花池，文殊講法之處，聽經者有五百羅漢，前殿後殿，樓上樓下皆滿。稍息即去。

山半積雪玉瑩，路爲之封；且石塊槎枒，馬不能上。即將騾垛暫停嶺隈，武喇嘛、雨花池小僧前導，李丙義、紫來、李福、小隊⑫高萬山、衛廷瑞擁山兜而進。有山兜不能周折者，余便步行。又二十九里，登臺山。四望萬山，巉嵲不可指數。東臺在中臺東南，北臺在中臺東北，南臺在中臺西南，西臺在中臺西北。西臺

---

① 李陵：西漢隴西成紀（今甘肅秦安）人，字少卿，名將李廣之孫，善騎射。武帝時，任騎都尉。率兵出去匈奴，戰敗投降。後病死匈奴。世傳《李陵答蘇武書》系後人僞作。

② 蘇武：西漢杜陵（今陝西西安東南）人，字子卿。天漢元年（前100），奉命出使匈奴被扣。雖經多方威脅利誘，又被遷到北海（今貝加爾湖）牧羊，堅持十九年不屈。始元六年（前81），因匈奴與漢和好，才獲釋回朝。官至典屬國。

③ 玄冰：厚冰：多年凍結，呈黑色。

④ 絶壑：深谷。

⑤ 崩崖：聳拔峭立，似欲崩塌的山崖。

⑥ 羊腸：指曲折狹窄的小路。

⑦ 朔風：北風，寒風。

⑧ 勞人：憂傷的人。

⑨ 草草：憂慮勞神的樣子。《詩·小雅·巷伯》："驕人好好，勞人草草。"毛傳："草草，勞心也。"

⑩ 申：下午三時至五時。

⑪ 山兜：一種只有座位而無轎廂的便轎，適於山區使用。

⑫ 小隊：古軍隊編制單位，三至十數人不等。也指兵丁。

獨遠，在微茫之間；東臺有兩臺，大小相略；北臺長如堤，平如掌，最高；南臺亦高。在衆山中，清涼山峰頭甚夥；而五臺以臺得名，則清涼之名反隱，而群峰亦不能與之争。中臺亦是兩臺。雖有峰，而峰西有平山，方廣百餘畝，此所謂"臺"也。北臺之臺，自一目了然。其餘三臺想亦如此，惜不能一一親歷。實以秋暮天寒，沙漠又系最寒之地，非余志百折不回，必不能登。即如余登臺時，天之冷，磴之滑，姑不必論；而臺上剛風①刺骨砭肌，眼爲之花，鼻爲之涕，疑神疑鬼，真凛乎其不可留。登臺以四、五、六、七等月爲期，餘月均不可。大凡宇宙秘奧之區，天地或禁人不使遊歷。余贍素輪囷，前遊東南兩嶽，及此次朝五臺，登其絶頂，皆魂悸魄動，心神驚愕，出於不自禁。昔昌黎②登華山竟發狂不能下，有以夫！

余初至，菩薩頂大喇嘛貢却羅珠饋羊一頭、茶二包、米面各一斗，使者德木齊章、吧隆哆，余對使辭却，委之而去。

二十二日，走謝。由西北小徑盤折而來，抵山門下兜，有階百餘級，二人腋之上。德、吧兩僧已仁立遲客，相將入大殿，參文殊，又隨嬉③別殿。僧衆爲嗺番經，大約佞佛求福之詞。客堂茶畢，布施十金，告辭詣顯通寺。

寺内有一銅殿，棟梁榱題，神像器皿，無非銅者。施主争爲裝金，以致金光耀目。祇園④以金布地，猶不如是燦爛。又至一寺，佛座後有蓮花一莖，高丈餘。佛在花中坐，右旋則花開，左旋則

---

① 剛風：罡風，指高天强勁的風。
② 昌黎：即韓愈。自謂郡望昌黎，世稱韓昌黎。
③ 隨嬉：隨喜，指遊覽寺院。
④ 祇園：即"祇樹給孤獨園"。印度佛教聖地之一。相傳釋迦牟尼成道後，憍薩羅國的給孤獨長者用大量黄金購買舍衛城南祇陀太子園林，建築精舍，請釋迦牟尼説法；祇陀太子也奉獻了園内的樹木。故此以二人名字命名。其事據《彌勒上生經疏》記載："善施請買，太子不允。因戲言曰：'布金滿地，厚敷五寸時即賣之。'善施許諾。"

花合，如上元節①走馬燈然。喇嘛姓韓名稱片，善談言，所藏有仁皇帝墨寶②。出視之，乃攢羅睺羅③語，寺名羅睺，職是之故。

武喇嘛言慈福寺石洞，有坐化④佛，遂往觀，率假飾以欺人者。又往塔院寺觀塔。塔亦大可觀，與北海子⑤白塔仿佛，所多者周遭皆小佛龕。龕前以銅甬⑥貯藏經⑦，上下有柱，撥之則旋轉如磨⑧。甬一周，爲經一遍，其理亦不可解。執事僧聖修，保定人。

殊像寺藍文殊爲本像，往瞻之，不過金身⑨大耳。文殊上眼皮中段下垂，故眼有波折，像像皆然，或是當年元神⑩。問藍文殊何說，僧曰："菩薩頂爲黃文殊，顯通寺爲綠文殊，羅睺寺爲白文殊，塔院寺爲黑文殊，合之藍，謂五色。文殊菩薩化身耶。"抑僧故多其名，以惑世耶。

五臺山自文殊證果⑪，時有靈應；衆僧又附會造作於其間，而香火益盛。北方信佛，轄部⑫尤甚，往往有傾家以事佛者。是以伽藍代增，長像林立，自漢唐以來，竟有百餘座之多。本朝定鼎⑬，

① 上元節：陰曆正月十五日。又稱元宵節。

② 墨寶：指珍貴的書法真迹。

③ 羅睺羅：一作羅雲，梵語音譯。意譯爲覆障，相傳是釋迦牟尼的兒子。釋迦爲悉達多太子時，雖然發"學道"之志，但因生了他，自嘆身上起了"覆障"，故此爲名。他十五歲出家，在釋迦牟尼十大弟子中排行第一。

④ 坐化：指佛教徒端坐安然而死。

⑤ 北海子：即北海，在今北京故宮和景山的西北，是一處歷史悠久、規模宏偉的古代帝王宮苑。其中瓊華島山頂的白塔，是最突出的建築，高三十五點八米，上爲鎏金火焰寶珠塔刹，下爲折角式須彌座，始建於清順治八年（1651），是北海的重要景觀。

⑥ 甬：同"桶"。

⑦ 藏經：佛教經典的總稱。

⑧ "撥之則旋轉如磨"句：指祈禱輪，俗稱藏經桶。

⑨ 金身：裝金的佛像。

⑩ 元神：大神，天帝。

⑪ 證果：佛教語，指佛教徒經過長期修行而悟入妙道。

⑫ 轄部：古代對我國北方遊牧民族的統稱。後用以稱呼蒙古族遊牧部落。

⑬ 定鼎：指建立王朝。

列聖幸臨，便殿[①]行宫，窮極奢麗。以黄[②]變青[③]，食天庾[④]者八百人。故伏虎降龍[⑤]，咒鉢[⑥]飛舄[⑦]之士，麟萃而麇集。自翠輦[⑧]不來，寶山頓歇，而活佛[⑨]僧綱[⑩]，一如地獄[⑪]餓鬼[⑫]，攫人便食。或要於路，或候於門，或争投香餌以先施[⑬]，或敲破木魚以惡化[⑭]，種種惡態，不可枚舉。嘗見世人鮮廉寡耻，鈎致箕斂，未嘗不齤然[⑮]笑之。方外[⑯]以清净[⑰]爲高，而竟市儈其行，漁獵其志，佛法掃地，

① 便殿：古代正殿以外，供帝王休息消閑的别殿。

② 黄：指黄袍，爲地位較高的僧人所穿。

③ 青：指青袍，爲普通僧人所穿。

④ 天庾：國家的倉廪。

⑤ 伏虎降龍：用法力制服龍虎。南朝梁慧皎《高僧傳·神异下·涉公》："能以秘咒咒下神龍。"唐道宣《續高僧傳·習祥一·僧稠》："聞兩虎交鬥，咆響震巖，乃以錫杖中解，各散而去。"

⑥ 咒鉢：用鉢念咒降伏神龍。南朝梁慧皎《高僧傳·神异下·涉公》："涉公者，西域人也……以苻堅建元十二年至長安，能以秘咒咒下神龍。每旱，堅常請之咒龍，俄而龍下鉢中，天輒大雨。堅及群臣親就鉢中觀之，咸嘆其异。"

⑦ 飛舄：即飛舄舄：會飛的仙鞋。據《後漢書·方術傳上·王喬》記載：喬有神術，每月朔望，常自縣詣臺朝。帝怪其來數，而不見車騎，密令太史伺望之。言其臨至，輒有雙舄從東南飛來。於是候舄至，舉羅張之，但得一只舄焉。"

⑧ 翠輦：飾有翠羽的帝王車駕。這里指帝王。

⑨ 活佛：蒙古、西藏喇嘛教中依轉世制度繼位的上層喇嘛封號的意譯。因其世世轉生，故名"活佛"。

⑩ 僧綱：僧官名。據《清會典·禮部十一·祠祭清吏司》"凡僧官道官皆注於籍"。原注："直省僧官，府曰僧綱，州曰僧正。"

⑪ 地獄：梵文意譯。意爲"苦的世界"，處於地下，有八寒、八熱、無間等名目。古印度傳説人在生前做了壞事，死後要墮入地獄，受百般折磨。佛教也採用這種説法。

⑫ 餓鬼：佛教語，六道之一。佛經説人在生前做了壞事，死後要墮入餓鬼道，常受饑渴之苦。

⑬ 先施：指先行拜訪或饋贈禮物。《禮記·中庸》："所求乎朋友，先施之。"孔穎達疏："欲求朋友以恩惠施己，則己當先施恩惠於朋友也。"

⑭ 惡化：令人厭惡難堪的化緣。

⑮ 齤（quán）然：笑得張開嘴露出牙齒貌。

⑯ 方外：世俗之外，指僧道的生活環境和精神境界。

⑰ 清净：佛教語，指遠離惡行與煩惱。

可勝慨哉！可勝慨哉！

　　二十三日，送各寺布施，輕重不一。治裝言旋。菩薩頂送木碗①、口蘑②、金芙蓉、記事珠③。璧謝，以前已收米面等物也。慈福寺送五臺山圖④，羅睺寺送念珠⑤、木盤⑥四事。休寧寺⑦僧韓榮壽送木合三、木羹匙、藥面，皆所以答布施，受之。

　　午初⑧起程，酉刻⑨宿臺麓寺，與藺、武二喇嘛談笑甚歡。余因誦《別五臺山》詩，藺喇嘛欲磨崖中臺。其詩曰："我來五臺山，物物見文殊。弟子有夙根⑩，吾師長棄吾。溷迹⑪塵世間，花甲⑫老眉須。身家與名利，在在成永圖⑬。譬之籠中鳥，何日翔篠蓾⑭？譬之網中魚，何日縱江湖？聖賢⑮愧不敏⑯，仙佛願又虛。虛

　　①　木碗：五臺山特產，用樺樹根瘤制成，有紅、褐、棕、黃多種顏色。不燙手，不燒嘴，宜於旅途使用，尤宜於喝酥油、油茶一類食品。

　　②　口蘑：一種菌類，有白色肥厚的菌蓋，味道鮮美。河北張家口一帶出產的最著名，故稱"口蘑"。五臺山也有出產。

　　③　記事珠：傳說能幫助記憶的珠子。據五代王仁裕《開元天寶遺事·記事珠》記載：張說任宰相時，有人送他一顆記事珠，"或有闕忘之事，則以手持弄此珠，便覺心神開悟，事無巨細，煥然明曉，一無所忘"。

　　④　五臺山圖：指"癸酉夏五月佛弟子顧巖謹摹之圖"。

　　⑤　念珠：又稱"念佛珠""數珠"，念佛號或經咒時用以計數的串珠。用材不一，粒數有十八、二十七、五十四、一百零八幾種。

　　⑥　木盤：樺木制的圓盤和方盤，是五臺山的特產。

　　⑦　休寧寺：應爲壽寧寺，位於菩薩頂西的半山脊。始建於北齊，名"王子焚身寺"。宋景德年間改爲"壽寧寺"。

　　⑧　午初：中午十二時。

　　⑨　酉刻：酉時，下午五時至七時。

　　⑩　夙根：前生的靈根。

　　⑪　溷迹：混迹。

　　⑫　花甲：指六十甲子。古代用干支紀事，以天干與地支依次錯綜搭配，六十年周而復始，故稱"花甲"。這里指人六十歲。

　　⑬　永圖：長久打算。

　　⑭　篠蓾：竹名。這里泛指竹林。

　　⑮　聖賢：聖君和賢位。

　　⑯　不敏：不才。

生六十年，負此千金軀①。高山攀仰絶，涕泣歸舊廬！"

録自《地學雜志》1924 年四、五合期

① 千金軀：形容身體、生命的寶貴。

五臺山遊訪記①

清·高鶴年

癸卯②五月，初一日，長城嶺。遠望五峰之間，紫氣盤鬱，神人所居也。……臺麓寺，住喇嘛僧數十人。二十里，海會寺。十五里，白雲寺。五里，月明池，即觀海寺，魏建。住持慈心利物，本分爲人。三里，沐浴堂，即文殊寺。康熙③年間吻葉和尚建。後本空禪師中興，立爲十方常住④，授戒⑤安禪，寸陰不廢。今廣慧和尚復興。七里，上佑濟寺，即南山寺，宿。

初二日，五里，由臺懷鎮至顯通寺，住持怡諄接進。

初三日，歷各殿禮佛，是時十方僧約四十餘人，相識者十餘人。是晚，常州⑥清凉寺清波方丈⑦到。

初四日，往東臺，同行二十餘人。由東臺往北臺，經中臺至清

---

① 《五臺山遊訪記》：作者高鶴年，清末民國初人，是一位信奉佛教的居士。清光緒二十九年（1903），他步行赴五臺山尋師求法。這篇遊訪記以佛教信徒的眼光記錄了沿途的見聞，有一定參考價值。

② 癸卯：清光緒二十九年（1903）。

③ 康熙：清聖祖愛新覺羅·玄燁年號，公元1662年至1722年。

④ 十方常住：佛教語。四種常住之一，指接待往來僧人的寺院。

⑤ 授戒：指爲初學佛或初出家的人舉行接受戒律的宗教儀式。受戒之後才能稱作正式的居士或僧尼。

⑥ 常州：故治今江蘇武進。

⑦ 方丈：指寺院的住持。

涼橋投宿。

初五日，往西臺，晚回顯通。

初六日，與清波上人①由圓照寺、廣宗寺至菩薩頂，謁大喇嘛，白姓名道昌。午後，遊羅睺寺、塔院寺、五郎溝、金剛窟諸勝。

五臺山本名清涼山，文殊大士②演教之區也。聳峙於雁門雲中之表，接恒嶽而俯滹沱，橫臨朔塞，屏藩京畿③。其地風勁而高寒，層冰結於陰巖，積雪留於炎夏，故名“清涼”。然地雖寒，而嘉禾芳草蒙茸山谷，稱靈异焉。五峰竦立，上蠱霄漢，烟霞掩映，蒼然深秀。是以自漢迄今歷代皆有崇建，古刹精藍，遍滿巖谷。宇內稱靈山④佛土⑤，最著名山者有四：峨嵋、普陀、九華，而五臺為尤盛焉，又稱“五頂”“清涼神境”。

初十日，月朗長老⑥及諸上、善人⑦下山。隨遊鎮海寺。谷中幽靚，樹木森羅。章嘉喇嘛塔在焉，內住喇嘛二十餘人。禮塔出谷，往梵仙山，此山乃中臺案山⑧。昔有五百仙人餌菊成道，故名。下山經殊像寺，仍回顯通。

十五日，單獨朝臺⑨，帶乾糧往東臺。當午，至頂一覽，群峰

---

① 上人：《釋氏要覽·稱謂》引古師云：“內有德智，外有勝行，在人之上，名上人。”後多用做對和尚的尊稱。

② 大士：佛教對菩薩的通稱。

③ 京畿：指國都及其附近的地方。

④ 靈山：對山的美稱。

⑤ 佛土：佛教指釋迦牟尼居住或應化的種種國土。

⑥ 月朗長老：與作者一齊來五臺山遊訪的僧人。

⑦ 上、善人：指僧人和信奉佛教的居士。

⑧ 案山：類似桌案一樣的山。指較高山嶽旁邊的小山。

⑨ 朝臺：祭拜五臺山中的某一臺。

歸冥漠，大地入虛無。入望海寺，俗呼"兜率天宮^①"，供聰敏^②文殊師利王菩薩。夜間禮佛，彼時心同滿月，大地光明。

次朝觀日。宋丞相張商英^③詩："迢迢雲水陟峰巒，漸覺天低宇宙寬。東北分明觀大海，西南咫尺望長安。圓光^④化現珠千顆，旭日初升火一團。風雨每從巖下起，那羅洞^⑤里有龍蟠。"下坡十五里，華嚴嶺。十五里，說法臺。相傳昔時常有鐘梵之音，人多聞之。五臺灰色蛇多，觸者傷身。猶如五欲^⑥，染者毒心。蛇不傷人而人自傷，苦矣。

里許，北臺頂靈應寺斗牛^⑦天宮，供無垢^⑧文殊師利菩薩。中有隱峰^⑨塔，側有黑龍宮，臺後半麓，生陷獄。隋繁峙民張愛，盜龍池錢若干，將歸，暴風卒起，吹墮於澗。上聳巉崖，下臨絶澗，黑雲四蔽，冰雪擁身，求出莫由。志心悔咎，稱菩薩名，纖宿雲開，見白兔隨出。鎮澄^⑩詩云："迷里清凉生地獄，悟時地獄化清

①　兜率天宮：梵語音譯。佛教認爲天分爲許多層，第四層叫兜率天。它的内院是彌勒菩薩的净土，外院是天上衆生所居之處。

②　聰敏：聰明。

③　張商英：北宋蜀州新津（今屬四川）人，字天覺，號無盡居士。官至尚書右僕射。著《續清凉傳》。

④　圓光：月亮。

⑤　那羅洞：即東臺那羅延窟。那羅延，梵語音譯，是大梵天王的异名。

⑥　五欲：佛教指色、聲、香、味、觸五境生起的情欲。也指財欲、色欲、飲食欲、名欲、睡眠欲。《大智度論》卷十七："世人愚惑，貪着五欲，至死不舍。爲之，後世受無量苦。"

⑦　斗牛：二十八宿中的斗宿和牛宿。

⑧　無垢：心無垢染，指心地純净。

⑨　隱峰：唐代人，姓鄧。相傳曾持錫杖在空中飛行，令亂軍撤兵。後坐化於五臺山，其妹爲之立塔。

⑩　鎮澄：明宛平（今北京豐臺）人。十五歲出家，萬曆十年（1582）至五臺山，講《華嚴》《楞嚴》等經。萬曆四十五年（1617）去世，終年七十一歲。

涼。須知二法①元②無相③，不離當人④一念⑤彰。"

臺之東北，七十里，泰戲山⑥，無草木，多金玉。上有品字泉，即滹沱源，西流，由北臺之陰，諸溪競注，過繁峙城，北經代州、五臺、忻州、定襄⑦、盂縣，由正定、平山⑧入海，左繞臺山三面。

臺南麓龍門石，上裂如門，濤聲若雷。北有藏雲谷，下有留雲石，雲生爲雨，雲入爲霽。對巖有萬年冰，近看約數十丈。

正顧視山光，忽狂風大作，雨雪交加；頃刻間，風雨稍息。石室之内，水有寸深，難以度夜。四面懸巖，覓路不得，忽見雲中隱隱有牧童騎牛而過，余隨詢之，牧童不答。余行快，牛也快；余行慢，牛也慢。行約三四里許，豁然雲開萬嶺，光照大千⑨。瞬日之間，人牛俱不見矣，奇哉怪哉！彼時歷歷分明，毫不昏昧。余若造妄語⑩欺人者，永墮拔舌地獄⑪也。

---

① 二法：二乘。佛教指引導衆生達到解脱的兩種方法、途徑，指聲聞、緣覺。

② 元：同"原"。

③ 無相：佛教用語，與"有相"相對，指擺脱世俗有相認識所得的真如實相。

④ 當人：當事人，本人。

⑤ 一念：一念之差。

⑥ 泰戲山：又名武夫山、戊夫山、大孤山、派阜山等，在今山西繁峙東北一百三十里處，是滹沱河的發源地。

⑦ 忻州、定襄：今屬山西。

⑧ 正定、平山：今屬河北。

⑨ 大千：三千大千世界的簡稱，佛教用語。佛教認爲以須彌山爲中心，七山八海交繞，又有鐵圍山爲外郭，稱爲一小世界。合一千個小世界爲小千世界，合一千個小千世界爲中千世界，合一千個中千世界爲大千世界，總稱三千大千世界。後也用來指廣闊無邊的世界。

⑩ 妄語：佛教五戒、十惡之一。《智度論》十四："妄語者，不净心，欲誑也，覆隱實，出異語，生口業，是名妄語。"

⑪ 拔舌地獄：佛教所説地獄之一，認爲凡生前喜歡妄語、毀謗他人的人，死後要墮入拔舌地獄，被鬼使拔出舌頭釘住，以示懲戒。

里許，澡浴池，在中、北臺間。古有涌泉，澄潔可愛，今荒基一片，亂石而已。

下午，從小徑下山，泥滑如油。行約數里，失足，直冲下去，約四五里許，幸未墮澗。是時幸正念現前，別無他想。半點鐘時，漸漸蘇醒，睁目一看，周身是泥。起身再行十餘里，出谷。問樵夫此是何處，云此地名"紫霞谷"，俗呼"北臺溝"。左去塔兒溝有雜華庵，今改名"寶華寺"，寺後上有憨山①石。

是日仍回顯通。

十七日，往中臺。經三塔寺、西寧寺，均喇嘛住。遊玉花寺，有喇嘛數人，即萬壽寺，在中臺東南麓。隋有五百應真②栖此，龍神修供。有騾數十匹，不用人驅，自能入市運糧，朝去暮歸，率以爲常，過夏俱隱。是時白蓮生池，堅瑩若玉，名"玉花池"。

後上鐵瓦寺，殿上有鼓，傳言人皮鼓。唐僧法愛以常住③財私置田，遺其徒，即轉牛身。將死，托夢將伊皮爲鼓，并書名於上，禮誦擊之，以免苦；否則田變滄海，不能消灾。其徒乃依言剥皮爲鼓，歲久，遂訛爲人皮鼓。

由此再上，約二十餘里，中臺頂，中有舍利塔。唐藍谷禪師，從梵僧④乞得舍利若干顆，造鐵塔於内，外建大塔藏之。萬曆庚辰⑤塔傾，一夕怒雷大震，塔乃正焉。西北圩有池名"太華池"，見者深淺不定，臨池鑒影，令人谿然。西南祈光塔，余虔禮孺童⑥

---

① 憨山：據《廣清涼傳》卷上記載："世傳後魏孝文皇帝臺山避暑。大聖化作梵僧，從帝乞一坐具之地，修行住止。帝許之。梵僧乃展坐具，彌覆五百餘里。帝知其神，乃馳騎而去。回顧斯山，炭然隨後。帝叱曰：'爾好憨山，何隨朕耶？'因此而止，故以名焉。"

② 應真：佛教用語。得真道的人，即羅漢的意譯。

③ 常住：僧道稱寺院庵舍、田地、什物爲常住物，簡稱"常住"。

④ 梵僧：古代稱從古印度來的僧人。

⑤ 萬曆庚辰：明萬曆八年（1580）。

⑥ 孺童：如東臺"聰敏"、北臺"無垢"一樣，是文殊菩薩的又一名號。

文殊師利菩薩。張無盡詩：“中臺岌岌①最堪觀，四面林峰擁翠巒。萬壑松聲心地②響，數條山色骨毛寒。重重燕水東南闊，漠漠黄沙西北寬。總信文殊歸向③者，大家高步白雲端。”

十八日，往西臺。八里，八功德水。有磊石重重，石中有水長流。古有不二④樓、二聖説法對談石。鎮澄詩云：“大士説法不二樓，八功德水印明秋。冷冷⑤清梵⑥滿山谷，散入冥空不可收。”左右獅子踪、牛心石、龍窟。

五里，西臺頂。有池，有塔，有室，有水。化東天⑦宫禮獅子吼⑧文殊師利菩薩。是臺向無人居，夜間静坐，“片石孤雲窺色相⑨，清池皓月照禪心⑩”。

二十日早，下坡。山凹中有二路，北下二十里，成果庵。路歧，走錯恐有他虞，余從南去。七里，清涼橋，稍息。有朝臺僧開、忍諸師，昔日在九華山相見，忽晤於此，午餐各别。十里，獅子窩，昔人見萬億獅子遊戲其中。明智光、净立等五十三人結社⑪，唯十方道者共居，不許子孫承業。寺前一塔，高九級，緑磁造成，奇巧浮於天宫。昔時清净佛地⑫，今作放牛之場。内住一僧。十里，清涼石，即清涼寺。天井大石一方，厚七尺，圍四丈七

① 岌岌：高峻的樣子。
② 心地：佛教用語。指心，即思想、意念等。
③ 歸向：依附，趨向。
④ 不二：佛教用語。即“不二法門”，指平等而無差异之至道。
⑤ 冷冷：泠泠，形容聲音清亮悠長。
⑥ 清梵：指僧尼誦經的聲音。
⑦ 化東天：似應爲化樂天。佛教語，在兜率天之上，他化天之下。
⑧ 獅子吼：佛教語。形容佛菩薩講經説法時無所畏懼，震懾一切外道邪説的神威。
⑨ 色相：一作“色象”，佛教語，指萬物的形貌。
⑩ 禪心：佛教語，指清静寂定的心境。
⑪ 結社：組織團體。
⑫ 佛地：指寺院。

尺零，面方平整，自然文藻，或能容多人。聞古時嘗有頭陀①跌坐其上，爲衆説法，梵音琅琅，异狀圍繞。望之悚然，近之則失。後人呼曰"曼殊牀"。

南上十五里，仙花山②。沿山奇花异草，"一陣風來一陣香，不知風送到何方"。頃刻，南臺頂，亦無人居。前有老南臺，傍有白龍池。萬仁甫③詩云："南臺孤聳隔諸臺，極目氤氳④瑞氣開。花滿重崗堆錦綉，巖藏濕霧鎖莓苔。千尋寶刹⑤摩雲出，百道飛泉帶雨來。欲證菩提⑥何處是，暫從法地⑦一徘徊。"

臺之東北，有插箭巖。相傳宋太宗北征入此，見菩薩現八臂相，插箭而回。南臺頂，忉利天⑧宮，智慧文殊師利王菩薩。夜來清净獨居，峰頂無一物，坐看大雲流⑨。

二十一日，下山。北行四十里，金閣寺，昔人見金閣浮空，建寺以擬之。回顯通。

二十二日，南山寺午餐，遊寺後兩茅庵。

二十三日，遊栖賢寺。里許，觀音洞。洞在巖畔，躡雲梯⑩而上。住喇嘛十餘人，洞有滴泉，味甘。

對山翻大嶺，异常難行。約二十餘里，山凹深林，即娑羅樹。

---

① 頭陀：佛教語，梵語音譯，指僧人，也專指行脚乞食的僧人。

② 仙花山：南臺的异名。

③ 萬仁甫：即萬象春，字仁甫，明代無錫（今屬江蘇）人。萬曆進士，曾任山西左布政使。

④ 氤氳：指雲氣盛大的樣子。

⑤ 寶刹：佛塔。

⑥ 菩提：佛教用語。梵語音譯，意譯"覺""智""道"等。指豁然徹悟的境界。

⑦ 法地：佛法所在之地。

⑧ 忉利天：梵語音意兼譯。即三十三天，六欲天之一。佛教認爲須彌山頂四方各有八天城，合中央帝釋所居天城，共三十三處。即一般所説的天堂。

⑨ 雲流：像流水一樣涌動的雲氣。

⑩ 雲梯：指高山上的石階。

內有娑羅寺，住有二僧，人迹罕至。其樹大小百餘株，葉同松柏，稍長而寬，陣陣清香，聞之心净。順治間，一梵僧指寶塔峰，曰有娑羅樹焉。山人隨視之，但見五雲滿岫，一樹浮光，而僧忽不見。後聖祖駐蹕於此，忽聞异香，敕賜"旃檀①林"。余初來五臺，憩此數日，未見人迹，惟有猛虎一躍而去。"寂寂孤峰萬事休，雲封古路少人遊。終朝不睹繁華境，盡日常聞瀑布流。"一宿出山。

二十四日，三十五里，文殊洞，洞內有一僧名圓明。見塑有僧像，傍立虎。問僧，答："道光年間有江蘇鹽城僧住此有年，虎常侍其傍。一日僧坐脫，其虎亦亡。後人於洞中塑像供之。"十里，大螺頂②。松柏圍繞，徑曲谷幽，爲香客求燈處。回顯通。

二十五日，往鳳林休息。

六月十三日，飯後往九龍崗，謁令公塔。宋楊業死忠，子五郎收骨建塔於此。九里，仍回顯通寺。

十四日，往菩薩頂，參觀喇嘛講經。

十五日，大喇嘛邀至菩薩頂午齋。是日爲奉旨道場③，俗呼"騾馬大會"。西北、北口④喇嘛齊來赴會，萬商雲集，掌印⑤喇嘛坐八人大轎⑥，旗鑼執事⑦，并裝成種種异色，山中頓現一時之盛。文武官員，上山鎮壓⑧。雲水堂⑨十方僧衆，沿門托鉢，所得錢文，施食利孤，供佛及僧。每歲舉行一次，不知何時遺風。

---

① 旃檀：檀香，一種香木。木材有香味，可制器具，也可入藥。寺廟中用來燃燒祀佛。
② 大螺頂：即"黛螺頂"。
③ 奉旨道場：僧人遵照皇帝旨令所做的法事。
④ 北口：即口外，泛指長城以北的地區。
⑤ 掌印：掌管用印，指主持事務。
⑥ 八人大轎：又稱"八抬大轎"。古代大官等乘坐的一種八個人抬的大轎子。清代規定：三品以上文官，在京可用四人轎，出京則用八人大轎。
⑦ 執事：儀仗。
⑧ 鎮壓：指用威勢、武力維持秩序。
⑨ 雲水堂：寺院中接待四方行脚僧人的地方。

十六日，往秘密巖，經風林寺住宿。住持雙目不開，而智眼①頗明，專修净土②。

十七日，清凉橋。過午下山，以澗爲道，崎嶇异常。五十里，秘密巖。山峻而秀，陡若天城。巖谷幽深，内有秘密寺。

十八日，謁龍洞，相傳文殊菩薩收伏五百孽龍③於此。下有茅蓬④，住關東喇嘛僧，專修密宗⑤，苦行⑥第一，惟採野菜連根而食。古云："野菜連根煮，山柴帶葉燒。"如此境界，亦不多見。

本謙上人招往伊茅蓬，休息三日。光陰易過，明日復起行脚矣。

録自《名山遊訪記》

---

① 智眼：即慧眼，佛教語。五眼之一，指二乘的智慧之眼，也泛指能照見實像的智慧。

② 净土：一名佛土，佛所居住的無塵世污染的清净世界。多指西方阿彌陀佛净土。

③ 孽龍：傳說中能興風作浪、作惡造孽的龍。

④ 茅蓬：茅草搭蓋的簡陋小屋。

⑤ 密宗：又稱密教，大乘佛教後起的一派，相對於"顯教"而言。儀軌嚴格復雜，須由上師秘密傳授，才能修行。主要修法是通過"三密相應"（結印、持咒、觀想）而達到身、口、意"三業清净"，乃至"即身成佛"。

⑥ 苦行：宗教徒指受凍、挨餓、拔髮、裸形、炙膚等刻苦自己身心的行爲，認爲行此苦行可求得解脱。

恒山記①

明·喬　宇

　　北嶽在渾源州之南，紛綴典籍：《書》② 著其爲舜北巡狩③之所，爲恒山；《水經》④ 著其高三千九百丈，爲元嶽⑤；《福地記》⑥著其周圍一百三十里，爲總元之天⑦。

　　予家太行白巖⑧之旁，距嶽五百餘里，心竊慕之，未及登覽，懷想者二十餘年。至正德間改元，奉天子命，分告於西蕃園陵鎮

---

　　① 恒山：五嶽中的北嶽，又名常山，在今山西渾源東北，主峰高約 2017米，居五嶽之冠。它綿延 150 多公里，重巒叠峰，氣勢雄渾。舊有十八景，今尚存朝殿、會仙府、九天宮、懸空寺等十多處。古恒山在今河北曲陽西北，明代據星象分野，才將山西渾源的玄嶽定爲北嶽恒山。這篇遊記是明代正德十六年（1521），作者奉命出京順路遊覽恒山的記載。

　　② 《書》：《尚書》，儒家經典之一，中國上古歷史文獻和追述古代事迹著作的匯編。“尚”即“上”，意爲上代以來之書。

　　③ 舜北巡狩：《尚書·舜典》記載：“十有一月朔，巡狩至於北嶽。”但書中所指應是河北曲陽的恒山。

　　④ 《水經》：我國古代第一部記述河道水系的專著，撰者及成書時間衆説不一。有酈道元爲之做注，即《水經注》。

　　⑤ 元嶽：即玄嶽。古代稱北方天帝爲黑帝，所以稱北嶽爲“玄嶽”。玄，即黑色。

　　⑥ 《福地記》：古代道教著作，舊題五代杜光庭撰，内容主要記載各地的仙界靈境，全名《洞天福地嶽瀆名山記》。

　　⑦ 總元之天：又稱“總玄洞天”，爲道家三十六洞天之一，意思是統轄北方的天界。

　　⑧ 白巖：白巖山，位於今山西昔陽東南。

瀆。經渾源，去北嶽僅十里許，遂南行至麓，其勢馮馮熅熅，恣生於天，縱盤於地。其胸蕩高雲，其巔經赤日。

余載喜載愕，斂色循坡東，迤嶺北而上。最多珍花靈草，枝態不類；桃芬李葩，映帶左右。山半稍憩，俯深窺高，如緣虛歷空。上七里，是爲虎風口，其間多橫松強柏，狀如飛龍怒虬，葉皆四衍蒙蒙然，怪其太茂。從者云：「是嶽神①所保護，人樵尺寸必有殃，故環山之斧斤不敢至。」

其上路益險，登頓三里，始至嶽廟。頹楹古像，余肅顏再拜。廟之上有飛石窟，兩崖壁立，谺然中虛。相傳飛於曲陽縣，今尚有石突峙，故歷代凡升登者，就祠於曲陽，以爲亦嶽靈所寓也。然歲之春，走千里之民，來焚香於廟下，有禱輒應，赫昭於四方。如此，豈但護松柏然哉！余遂題名於懸崖，筆詩於碑及新廟之廳上。

又數十步許，爲聚仙臺。臺上有石坪，於是振衣絕頂而放覽焉。東則漁陽②、上谷③，西則大同④以南奔峰來趨，北盡渾源、雲中⑤之景，南目五臺隱隱在三百里外，而翠屏、五峰、畫錦、封龍⑥諸山皆俯首伏脊於其下，因想有虞君臣會朝之事，不覺愴然。又憶在京都時，嘗夢登高山眺遠。今灼灼與夢無異，故知兹遊非偶然者。

録自《古今圖書集成》

---

① 嶽神：北嶽山神。
② 漁陽：古地名，轄境相當今北京、天津部分地區，治所在薊縣（今屬天津）。
③ 上谷：古地名，轄境相當於今河北易縣一帶。
④ 大同：今屬山西。
⑤ 雲中：即大同。
⑥ 翠屏、五峰、畫錦、封龍：這幾座山均在今山西渾源境內。

遊恒山日記[①]

明·徐宏祖

初十日……東行十里，爲龍山大雲寺[②]，寺南面向山。又東十里，有大道往西北，直抵恒山之麓，遂折而從之。去山麓尚十里，望其山，兩峰亙峙，車騎接軫，破壁而出，乃大同入倒馬[③]、紫荆[④]大道也。循之抵山下，兩崖壁立，一澗中流。透罅而入，逼仄如無所向，曲折上下，俱成窈窕。伊闕[⑤]雙峰，武彝[⑥]九曲，俱不足以擬之也。時清流未泛，行即溯澗。不知何年兩崖俱鑿石坎，大四五尺，深及丈，上下排列。想水溢時，插木爲閣道[⑦]者，今廢已久，僅存二木，懸架高處，猶棟梁之巨擘也。

① 《遊恒山日記》：明崇禎六年（1633）八月，徐霞客離開五臺山後又登上了恒山。他的日記除了對於恒山景色的描寫之外，還記述了有關地質、地貌的情況，對於研究恒山地區古代地理狀況有一定參考價值。

② 龍山大雲寺：據《恒山志》記載，大雲寺有上下兩院，上院在龍山上，下院在山下荆家莊。徐霞客所經過的是大雲寺的下院。

③ 倒馬：關名，在今河北唐縣西北。《元和志》云“山路險峻，馬爲之倒”，因以爲名。歷史上與居庸、紫荆合稱爲內三關。

④ 紫荆：關名，在今河北易縣西紫荆嶺上，即古代的蒲陽陘。

⑤ 伊闕：又名闕塞山或龍門山，在今河南洛陽南。《水經注》云：“兩山相對，望之若闕，伊水歷其間北流，故謂之伊闕矣。”

⑥ 武彝：即武夷山，綿亙於閩西贛東的交界處。狹義的武夷山在福建崇安西南，又叫小武夷山。這里溪水九曲、峰巒眾多，是我國著名的風景勝地。

⑦ 閣道：山崖上架設木板用以通行，義同棧道。

三轉，峽愈隘，崖愈高。西崖之半，層樓高懸，曲榭斜倚，望之如蜃吐重臺者，懸空寺[1]也。五臺北壑，亦有懸空寺，擬此未能具體。仰之神飛，鼓勇獨登。入則樓閣高下，檻路[2]屈曲。崖既盡削，爲天下巨觀；而寺之點綴，兼能盡勝。依巖結構，而不爲巖石累者，僅此。而僧寮位置適序，凡客坐[3]神龕，明窗暖榻，尋丈之間，肅然中雅。

既下，又行峽中者三四轉，則洞門豁然，巒壑掩映，若別有一天者。又一里，澗東有門榜三重，高列阜上，其下石級數百層承之，則北嶽恒山廟之山門[4]也。去廟尚十里，左右皆土山層叠，嶽頂[5]杳不可見。止門側土人家，爲明日登頂計。

十一日，風翳净盡，澄碧如洗。策杖登嶽，面東而上，土岡淺阜，無攀躋勞。蓋山自龍泉來凡三重：惟龍泉一重，峭削在内，而關以外，反土脊平曠；五臺一重雖崇峻，而骨石聳拔，俱在東底山一帶出峪之處；其第三重自峽口入山而北，西極龍山之頂，東至恒嶽之陽，亦皆藏鋒斂鍔。一臨北面，則峰峰陡削，悉現巖巖本色。

里轉北，山皆煤炭，不深鑿即可得。又一里，則土石皆赤，有虬松離立道旁，亭曰"望仙"。又三里，則崖石漸起，松影篩陰，是名"虎風口"。於是石路縈回，始循崖乘峭而上。三里，有

---

① 懸空寺：在山西渾源南恒山下磁窑峽，始建於後魏。《渾源州志》説："懸崖三百餘丈，峭立如削，倚壁鑿竅，結構層樓，危梯仄磴，上倚遥空，飛閣相通，下臨無地，恒山第一景也。"内有三宫殿（道教）、三聖殿（佛教）與三教殿（儒釋道）及各教神像。

② 檻路：有欄杆的走道。

③ 客坐：寺廟裏招待客人的地方。

④ 山門：指寺院的外門。

⑤ 嶽頂：山頂。

傑坊曰"朔方①第一山"，內則官廨②、厨井俱備。坊右東向拾級上，崖半爲寢宮，北爲飛石窟，相傳真定府③恒山從此飛去。再上，則北嶽殿也，上負絕壁，下臨官廨；殿下雲級插天；廡門上下，穹碑森立。從殿右上，有石窟倚而室之，曰"會仙臺"，臺中象群仙，環列無隙。

　余時欲躋危崖，登絕頂。還過嶽殿東，望兩崖斷處，中垂草莽者千尺，爲登頂間道，遂解衣攀躡而登。二里，出危崖上，仰眺絕頂，猶杰然天半。而滿山短樹蒙密，槎椏枯竹，但能鈎衣刺領，攀踐輒斷折，用力雖勤，若墮洪濤，汩汩不能出。余益鼓勇上，久之棘盡，始登其頂。時日色澄麗，俯瞰山北，崩崖亂墜，雜樹密翳。是山土山無樹，石山則有，北向俱石，故樹皆在北。渾源州城一方，即在山麓。北瞰隔山一重，蒼茫無際；南惟龍泉，西惟五臺，青青與此作伍；近則龍山西亘，支峰東連，若比肩連袂，下扼沙漠者。

　既而下西峰，尋前入峽危崖，俯瞰茫茫，不敢下。忽回首東顧，有一人飄搖於上，因復上其處問之。指東南松柏間，望而趨，乃上時寢宮後危崖頂。未幾，果得徑。南經松柏林，先從頂上望，松柏葱青，如蒜葉草莖；至此則合抱參天，虎風口之松柏，不啻百倍之也。從崖隙直下，恰在寢宮之右，即飛石窟也。視余前上隘，中止隔崖一片耳。

　下山五里，由懸空寺危崖出。又十五里，至渾源州西關外。

録自《徐霞客遊記》

---

① 朔方：北方。
② 官廨：古代官吏辦理公務的地方。
③ 真定府：治所在今河北正定，轄境包括曲陽。

登恒山記^①

明·楊述程

　　余夙覽《五嶽圖》，思向往其地久矣。辛亥孟冬，直指^②潘公將有事恒嶽，余導聽而往。南行十里許，至磁窑口。兩岸峭削如門，大類吾鄉劍閣^③諸峽。泉流峽中，澎湃奔瀉，呼訇嚌咳，如建瓴。而北爲神川，云此處山光嵐色，皆莽蒼葱蔚，不似北方之景。川東鑿石壘土，草橋木磴，又大類吾鄉連雲諸棧^④。上有石窟，架閣猶餘橫木數千，蠹剝欲盡，傳者以爲宋初把守三關^⑤處。

　　右折而上，有坊聳峻，金碧輝煌，題曰"高山仰止^⑥"者，即

---

　　① 《登恒山記》：明代萬曆三十九年（1611），作者隨同上司祭祀恒山，將登山見聞寫成了這篇遊記。

　　② 直指：漢代設置有直指使者，專管巡視、處理各地政事，這里指巡按一類官員。

　　③ 劍閣：今屬四川，劍門關矗立縣北，自古以"劍門天下險"聞名。大劍山、小劍山之間，三國時曾鑿山修造閣道。

　　④ 連雲諸棧：在陝西漢中地區，古代爲川陝間的通道。鳳縣東北草涼驛南至開山驛，全長四百七十里。明代洪武二十五年（1392），因故址增修，約爲棧閣二千二百七十五間。

　　⑤ 三關：北宋三關爲溢津關、瓦橋關、淤口關，在今河北雄縣、霸州市一帶。這里是依據傳說，把明代的三關當做了宋代的三關。明代以雁門、寧武、偏關爲外三關，均在今山西北部的内長城附近；以居庸、紫荆、倒馬爲内三關，在今河北曲陽以北。

　　⑥ 高山仰止：語出《詩經·小雅·車轄》："高山仰止，景行行止。"後多用以表達崇敬仰慕。

嶽遠門也。門有殿庭數楹，宏敞高峻。左折而上，三四里峰坡崖塹之類，宛轉曲折。地饒青煤，傴僂曳販者肩相摩也。紆行數里，道益湫隘。余乃易便服，憑小輿兩腋而上。爲雲路初步處，下窺山門已不啻數萬雉①矣。

級益高，階益峻，頃之，過望仙亭。仰視飛仙崖，閣若懸層霄之上。已而，歷虎風口。崇岡蹲踞，風發飆猛，則響振林壑間。路傍西望，渾渾灝灝，吞吐雲氣者，白龍洞也。前不百武②，有白虎峰，堆石雄列，居然白額③狀。落澗西杪似有木香荼蘼④之屬，則所謂紫芝⑤峪也。綫道蜿蜒，幽深百仞⑥。遊者每慮觸險，側足詳顧，猶虞顛越。山迴路轉，古榆數千百章⑦，葳蕤蓊茂。最大者名"雙離樹"，株可蔽牛，而蒼枝連理，若虬龍軒舉之狀，人以爲果老⑧系驢樹云。崖東有得一峰，庵因名之。巖西則萬松深處，亭曰"翠雪"。六花⑨飛墜，四壁凝寒，瓊砌瑤階，眞銀世界也。山腰少闊，誅草爲堂。白雲縹緲，簾櫳清曠，差可憩息。時聞樹籟鳥聲，心腑幽暢，令人生修然物外之想。堂畔有龍泉，味分甘苦，禱雨

---

① 雉：古代計算城牆面積的單位。長三丈，高一丈，爲一雉。

② 武：半步。

③ 白額：猛虎。

④ 木香荼蘼：觀賞植物，蔓生，春末夏初開白色或黃色花，略有香氣。

⑤ 紫芝：眞菌的一種，又稱木芝，形似靈芝，可入藥。古人以爲瑞草，道教以爲仙草。

⑥ 仞：古代長度單位，七尺或八尺爲一仞。

⑦ 章：大木材，引申爲大樹的計量單位。

⑧ 果老：傳說中的"八仙"之一。相傳隱居中條山中，常倒騎白驢，日行數萬里，休息即將驢折叠，藏於巾箱。曾被唐玄宗召至京師，授以銀青光祿大夫，賜名通玄先生。

⑨ 六花：雪花。雪結晶六瓣，故名"六花"。

輒應。有夕陽巖，松檜插漢，晚霞及之，則樹色蒼然。崖產石脂①，五色晶瑩，味腴堪咀。意仙家啖人藥餌，而特不識所以調劑者。旁有石洞一隙，露丹竈遺迹，深奧莫知底止。是謂"通元谷"，人迹莫到也。三豐②曾居此谷，有"俯視群山蟻垤③低"之句。

　　逶迤尋上，可百步許，入貞元殿；展拜元嶽④。琳宮寶座，俄在清虛境。神面正南視，五臺諸山環向北拱，森森臣庶。珉碣貞碑，磊立崖壁。雖代有修設，而溯建則自陶唐⑤封浚時始也。殿杪蒼松古檜，圍喬參天，枝葉扶蘇，良爽炎燥。殿隅西躋，上越二三里，朱門扃鐍甚固。啓之，則"會仙府"也。怪木壽藤，喬互映帶；赤石、鐘乳之類，錯出其間，抑黃芽⑥、白雪⑦之遺棄也。西頂有琴棋臺，儼在雲端，舒嘯四應。頃之，轉步，則歷果老嶺，策蹇蹄迹依然在焉。其東頂，則爲大茂山⑧殿。碑云：舜皇巡狩，詣此山谷，正擬登祀，值大雪，勿能進而遙祀之。俄有飛石墮帝前，遂以"安王石"名。五載復狩，其石載飛曲陽，帝命即其地祠祀焉。其飛石窟尺寸，固安王石符券也。

　　已而，夕陽落照，霞彩盈山，將乘興爲懸空寺遊。

　　返度神水，沖騎暖泉，見西壁峭陡，樓殿架叠，真所謂"空

---

　　① 石脂：石中沉積物，有多種顏色，可入藥。明李時珍《本草綱目·石二·五色石脂》《集解》引陶弘景云："今俗惟用赤石、白石二脂，狀如狨腦，赤者鮮紅可愛，隨採復生。餘三色石脂無正用，但黑石脂入畫用爾。"道教以爲食之可以長生不老。
　　② 三豐：張全，又名君寶，號三豐，明懿州（今遼寧黑山境内）人。不修邊幅，行遊四方。明英宗時贈名"通微顯化真人"。
　　③ 蟻垤：蟻穴外隆起的小土堆。
　　④ 元嶽：即玄嶽，指恒山嶽神。
　　⑤ 陶唐：即堯。傳說他最早建嶽廟於恒山。
　　⑥ 黃芽：道教語，指從鉛中煉出的精華。
　　⑦ 白雪：道教語，指水銀。
　　⑧ 大茂山：河北曲陽的恒山，又叫大茂山。

中樓閣"。鳥道一系，扳而上躋，奇絶亦險絶。沙彌二四，清磬稔香，供茗作禮，酷似羲皇①以上人。余亦怳遊羲皇世矣。月影半明，更漏三滴，甫抵州署。曾不知往復之爲勞也，爰搦管而記其事。

録自《古今圖書集成》

---

① 羲皇：伏羲氏，古代傳説中的三皇之一。古人想象羲皇之世，其民皆恬静閑適。

雁門山記

明·喬　宇

　　雁門山①，在代州②北三十五里。《通志》③云：“以雁出其門，故名。一名雁門塞。”關因山以立。凡山西之關四十有餘，皆踞隘保固，而聳拔雄壯則雁門爲最。故趙之李牧④、漢之郅都⑤備邊於此，匈奴⑥不敢近塞，固皆一時良將，而不可謂非地險有以成之也。迨我皇朝，則特設武臣守禦，熊羆之士雲屯於此，而又專屬憲臺以提督之，地亦可謂要而重矣。

　　余出代州北行，皆磝陉盤繞之路，溪水潺潺流。其民皆依山居，高下置屋，圖不可盡。午上關折西，躡高嶺絕頂，四望則繁

---

　　①　雁門山：在今山西代縣西北三十五里，又名句注山、雁門塞。兩山對峙，相傳雁從中間飛渡，因而得名。山上有關口，即雁門關，爲長城要隘之一。唐代時關口在山頂，元時關廢，明初移置今址。

　　②　代州：今山西代縣。

　　③　《通志》：南宋鄭樵撰，爲綜合歷代史料而成的通史，分本紀、年譜、略、世家、列傳幾部分。其中“略”有地理一章。

　　④　李牧：戰國末年趙國將領。長期守衛北部邊界，屢敗東胡、林胡、匈奴。曾大敗秦軍，因功封武安君。後因趙王中秦國反間計，被殺。

　　⑤　郅都：西漢河東大陽（今山西平陸東）人，曾任雁門太守。後因得罪竇太后，被殺。

　　⑥　匈奴：中國古代族名，也稱胡。戰國時活動於趙和燕、秦以北地區。漢初，曾不斷南下攻擾。後分化爲南北匈奴，南匈奴南遷，北匈奴被東漢和南匈奴擊敗，部分西遷。

峙①、五臺②聳其東，寧武③諸山帶其西，正陽、石鼓④挺其南，朔州⑤、馬邑臨邊之地在其北。長坡峻阪，茫然無際。又見巍旌高旗，飄飄雉堞之上；寒林古塞，依依斜陽之下，頗動黃沙紫塞之思⑥。因賦詩三首，筆於關之城樓。

録自《古今圖書集成》

---

① 繁峙：今屬山西。
② 五臺：今屬山西。
③ 寧武：今屬山西。
④ 正陽、石鼓：今不詳何地，當在山西代縣以南。
⑤ 朔州：今屬山西。
⑥ 黃沙紫塞之思：黃沙，意指沙漠。唐代劉長卿《送南特進赴歸行營》詩："虜雲連白草，漢月到黃沙。"紫塞：意指北地邊塞。晋崔豹《古今注·都邑》："秦築長城，土色皆紫，漢塞亦然，故稱紫塞焉。" 黃沙紫塞之思，意指有關大漠邊塞、沙場征戰的詩意。

遊龍門山記①

金·趙時中

　　自恒之南，歸然崛起於太行之東者，封龍之山也。恒亞回環，望之四面如一，乃曩時飛龍山也，唐天寶六載②始易今名。背滹沱之巨浸，右井徑之絶險，實鎮陽之壯觀，非若群山之迤邐也。龍首③興雲而致雨，獅子④青毛而赤胸。白羊牧兮玉石亂，華蓋⑤擎兮青松高。鐘磐互鳴於梵宇，金碧交映於琳宮。醮石突兀，吟臺崢嶸。蟠桃⑥熟兮欲老，黄精⑦産兮延齡。至如奇峰怪石，清泉茂林，

----

①　《遊龍門山記》：龍門山，即龍山，位於今山西渾源西南。金代明昌二年（1191），作者陪同渾源縣令昭勇公一道遊山。在這篇遊記中，他主要記述了有關龍山的幾個傳説故事。

②　唐天寶六載：公元 747 年。

③　龍首：指龍山頂峰。

④　獅子：指獅子峰。

⑤　華蓋：古代帝王和貴官車上的傘蓋。

⑥　蟠桃：桃的一個品種，果形扁圓，汁不多，味甜美。

⑦　黄精：一種藥草，多年生草本，以根莖入藥。古人認爲它是芝草一類的仙藥。

畫者勞想，遊者忘歸。青城①、雁峰②，不獨美於西方；巫峽③、廬山④，莫專名於南土。

　　有徐童仙觀、郭元振⑤劍石。徐童觀者，在獅子峰大谿之下。中央平坦，地多桐木花。其花清香襲人，其子碧，可染青碧色；若移植他處，則不活。觀中有泉數處，傍宜栽桃種荷。曹仙姑⑥移之北嶽，徐真君⑦登仙之山也。又《山記》⑧云：“駱元素因入山，遇老人與藥十粒，曰：‘服此則不饑，吾姓徐字元英，新受長桑君⑨牒召北嶽長史⑩。’言訖化爲童子，乘雲而去，因得名焉。”

　　郭元振者，唐時魏人也。少遊學於此，上獅子峰，前有石兀然

---

　　①　青城：即青城山，在今四川都江堰市西南。山形如城，故名“青城”。山中有八大洞、七十二小洞，風景秀麗。岷山南來，連綿不絕，以青城爲第一峰。相傳東漢張道陵修道於此，道教稱爲“第五洞天”。
　　②　雁峰：指今四川梓潼南三十里處的雁門山。該山有東西二嶺，突起如門，雁從中過，故名“雁門山”。或指今湖南衡陽南一里處的回雁峰，爲衡山七十二峰之首。相傳雁飛至衡陽便停留下來，到春天便往回飛，故名“回雁峰”。
　　③　巫峽：長江三峽之一，一稱大峽。因巫山得名。西起重慶巫山縣大寧河口，東至湖北巴東官渡口，綿延八十餘里。峽谷極其曲折幽深，著名的“巫山十二峰”并列江邊，以神女峰（望霞峰）最爲奇麗。
　　④　廬山：在今江西九江南，聳立於鄱陽湖、長江之濱。又名“匡山”“匡廬”，因相傳周代有匡姓兄弟結廬隱居於此而得名。有漢陽、香爐、五老諸峰聳峙，三面臨水，雲霧彌漫，有“不識廬山真面目”之稱。山中多名勝古迹，爲我國著名旅遊勝地之一。
　　⑤　郭元振：即郭震，字元振，唐代魏州貴鄉（今河北大名東南）人。咸亨進士。武則天時升任右武衛鎧曹參軍，後歷任涼州都督、安西大都護、朔方人總管等職，玄宗開元元年（713），坐軍容不整流新州。不久起爲饒州司馬，病死於途中。
　　⑥　仙姑：仙女。
　　⑦　真君：道教對神仙的尊稱，也泛稱修行得道的人。
　　⑧　《山記》：指記述龍山有關情況的文章。
　　⑨　長桑君：戰國時的神醫。傳說扁鵲對他十分恭敬，乃以禁方傳扁鵲，又拿出藥讓扁鵲飲服，然後忽然消失了。從此扁鵲看病盡見病人五腑症結，以精通醫術聞名於世。
　　⑩　長史：古代官名，歷代沿置，一般爲王府、公府或州郡的屬官，職權頗重。

高聳。俄聞霹靂聲，裂其石，五色雲氣自石中出，元振由是得寶劍於石罅。後仕睿宗，出入將相。

又有東、西、中三書院①，其遺址在焉。當時皆名儒碩士傳受，聚徒至百人，置山長②、山録③以領之。又多仙遊④勝迹，自漢唐而來，栖真⑤之士輩出其間。神龍蟠池，油雲鎖洞。三晋⑥之間，不遠千里，來禱輒應。

今者縣宰昭勇公於明昌辛亥秋遊封龍，登獅子峰，欽禮三清⑦，瞰龍潭，遊禪堂⑧，遍覽山中勝概，徘徊久之。登霹靂石，遂揮毫而作頌⑨云。

録自《古今圖書集成》

---

① 書院：宋代至清代由私人或官府設立的供人讀書、講學的處所，有專人主持。

② 山長：本爲對山居講學者的尊稱，後私立、官立書院置山長，講學并主管院務。

③ 山録：書院中山長屬下的學官。

④ 仙遊：指信奉道教的人遠出求仙訪道。

⑤ 栖真：道家所謂存養真性，返其本元。

⑥ 三晋：戰國初，晋國大夫趙氏、韓氏、魏氏分晋各立爲國，合稱"三晋"。其地約爲今山西省及河南省的中部、北部，河北省的南部、中部。

⑦ 三清：道教對玉清境洞真教主元始天尊、上清境洞玄教主靈寶天尊、太清境洞神教主道德天尊的合稱。

⑧ 禪堂：禪房、僧堂，指僧人打坐習静的地方。

⑨ 頌：古代一種文體，内容以頌揚爲主。

遊西山記^①

元·劉　祁

　　余髫齔^②間，嘗聞先大人言，龍山之勝甲鄉山。時幼，未能往。其後在南方，北望依依，每以爲歉。

　　甲午歲^③還渾水。明年秋八月，釋菜^④於先聖。越明日，拉友人河陽^⑤喬松茂壽卿、雲中^⑥劉偕德升，暨弟鬱同遊。

　　初出西城，日方中，望西山而行。一二里，涉水。又前七八里，至李谷。谷在永安山下，流波古木相交。仰視之，秋葉如畫。稍束，山之腋，見崖間一抹碧，尤佳。村民曰："此麻匯也。"予與二三子杖而詣，步漸高，并路旁水聲鏗訇^⑦數股。涉水，行亂石間。里餘，忽見青松綠楊薈蔚^⑧中，鑿崖而屋。既至，有僧居，因共坐西軒，望平原諸峰橫立，南顧永安山，危嵓^⑨獨雄尊。斜日秋

----

　　① 《遊西山記》：西山，指山西渾源西部的山峰，除龍山外，還有永安山。金亡第二年，即1235年，作者同友人一道遊覽了西山，寫下了這篇遊記。

　　② 髫齔：髫，兒童下垂的頭髮；齔，兒童換牙。髫齔，指幼年。

　　③ 甲午歲：金天興三年（1234）。這一年，金被蒙古所滅。

　　④ 釋菜：又作釋採，古代入學時祭祀先聖先師的一種典禮。

　　⑤ 河陽：今河南孟州市。

　　⑥ 雲中：今山西大同。

　　⑦ 鏗訇：形容聲音洪亮。

　　⑧ 薈蔚：草木茂盛的樣子。

　　⑨ 危嵓：山高的樣子。

烟，滉蕩①百里。迫暮，留詩而回。夜宿李谷。

遲明，上永安山。初入谷，路甚艱，兩崖夾峙峭峻，其石皆跨谷縈路，詭怪若坐卧起立。且時聞水聲，盤折而上，足栗目荒②。前二三里，忽見一峰，突兀孤高，樹色青黃紅紫間錯，曉日映之錦鮮。東，諸小峰側列相附。又東，一嶺獨嵐翠無日氣③，真④帷帳間。諸人喜快詠詩，步益健。又前數百步，峰轉境又佳，遂各坐大石，且在青檜影中。石有苔華涵漬，繡文縷縷可愛。因相與俯視川野，倚樹浩歌。又前數十步，忽聞有聲如風雨震山，又如千人喧笑不已。逼視之，乃流泉一派，自山下入絶壑，穿林絡石，雪練飛逐，仜聽久。前至烈鳳崖，崖險特，蓋兩峰最高，蒼藤赭蔓蒙蘢，下有泉源。諸人相謂曰："此境絶不可不志。"即手泉研石各題詩。又前數步，路益險，見西崖間復有泉出，流大石上。樹影交冪，聲鏘鏘，微風吹散，珠琲四落。余曰："此石名琴泉。"又賦詩。又幾二三里，樹木叢陰中，殿閣屹然四五所，蓋玉泉寺也。路側皆暗泉行草間，瀝瀝如人語言。或者披草掀石，決其源方去。

既入寺，寺宇歲深，且經亂，多摧毀。厨堂鐘閣雨崩草翳，僧寮⑤多壞址，獨萬聖殿完麗可觀，殿中金碧璀璨溢目；又有石羅漢像數百，擊之鏗然，亦奇致。晚憩僧舍，其舍蓋余兒時從大父避亂所居。追維舊事。爲之惻愴。

起尋玉泉，泉在西南石崖下，如井。崖間枝溜滴瀝，絡苺苔上，有古樹覆蔭，頗陰肅。因留題殿壁，紀予今昔遊。諸人亦各詩其後。南上祖堂⑥，堂絶高，北望神州在掌上，城邑如棋局。東則

---

① 滉蕩：搖晃波動的樣子。
② 荒：同"慌"，迷糊，不清楚。
③ 日氣：日光散發的熱氣，這裏指日色。
④ 真：疑當爲"置"，置放。
⑤ 僧寮：即僧舍，指僧人的住所。
⑥ 祖堂：佛教祭祀祖師之堂。

嶽神山①如屏，青松翠柏間隱隱有樓觀。南則群山迤邐，高下淺深異姿，秋色古林色明艷，斜陽照灼，金紫滿山。堂後有徑上山巔，余縱步獨往，徑狹而危，捫蘿以前。望峰端樹明，度其境必異，銳進百餘步，困憊，又皆落木梗路，遂回，然終以爲恨。北過法堂②，觀維摩③像，堂亦傾漏不完。天曛，入僧舍。既夜月出，清寒逼人。予與諸人散步檐外，見峰巒崒嵂，樹木陰森，禽聲嘲哳④相應答。仰視星斗磊落與人近，曒然天地，如在玉壺中。又相與嘯詠，約二更，方就寢。

詰旦，出戶，見白雲數縷出東山，延布南嶺上，狀如飛龍蜿蜒。山中露氣蕭爽，回念塵域，恍如夢間，利火名膏⑤，銷鑠净盡。復往祖堂，川原浮蔼蒼茫，城中青烟萬道。俄而，湏洞彌漫莫能辨。須臾，日出東嶺，紅霞青雲屬聯，滿山草木光炯炯，叢石峭壁，呈奇獻异，欲動搖如生。乃率二三子登北臺，臺并絕頂支一峰，緣崖百餘步方至。回觀大山峭拔，則蠟然⑥草樹紅碧，點綴班駁。西顧諸峰，如彩樓⑦相蔽虧，陽光陰氣，晦明不一。北望平原百里，際北嶺外，雲中城闕浮屠如錐。金成⑧、渾源二郡及諸村落，若盤盂羅列。田疇若龜甲開張。澗波數處，若缺鏡裂素散擲。微雲薄霧乍起乍伏，若鮮衣輕袂婆娑。又相與賦詩賞嘆。粥餘，別寺僧，遊龍山。

---

① 嶽神山：即恒山，在山西渾源東南，又名陰嶽、紫嶽。
② 法堂：佛寺中演説佛法的講堂。
③ 維摩：維摩詰的省稱，意譯"净名"或"無垢稱"。佛經中人名。《維摩詰經》中説是毗耶離城中的一位大乘居士，和釋迦牟尼同時，善於應機化導。曾以稱病爲由，向釋迦遣來問訊的舍利佛和文殊師利等宣揚大乘深義，爲佛教典籍中現身説法、辯才無礙的代表人物。
④ 嘲哳：形容嘈雜細碎。
⑤ 利火名膏：比喻追求名利的强烈欲望。
⑥ 蠟然：像涂過蠟一樣，形容光潤鮮艷。
⑦ 彩樓：用彩色綢帛綁扎的棚架。
⑧ 金成：即金城，今山西應縣。

路自西南往，穿枯木翠蔓間。里餘，遇山脊，恍然异境也。俯視重峰復嶺，秋物爛斑，且目極皆山，無平地。崖左折，徑稍夷，崖上多大石，或人立，或獸呀，或禽翔，或鬼攫，森竦可畏。前至大林，林皆青黄紅紫，相間櫛密。時時逢怪石睨路，狀詭异。山風飀至，葉落如雨，觸石覆面，濛濛飛嵐走翠，隱映林影中，旋變滅。又三四里，林窮，有平岡數畝可田，下有泉北流。又入林，益西三四里，大木翳空蔽日，樹底有暗泉，蒙榛敗葉，縈漬微有聲。崖轉而南，忽見龍山寺，乾機坤秘，駢露叠開，四面諸峰如踴躍相跂。

大殿在山腹，丹碧湮摧。雲堂①影室②，在殿西檐，牖亦圮。然其規制宏且邃，依然南俯深澗，澗外皆山相聯，下有大林，杳窈望莫際。遂緣石磴上，方丈大室三楹，極整鮮。西有一徑，入樹陰中百餘步，至文殊殿。殿在孤峰上，號"舍身崖"，神像精致妙絕。遠望千巖萬壑，絡繹參差，樹葉日光，燦然五色，雖巧筆妙手不能圖且綉，蓋其雄麗冠龍山。欄外石如掌平，其首騫，下窺黝奄無底。南則清凉山③、五臺歷歷，且遥見代郡④川。西則鄯陽⑤、馬邑⑥諸城，皆微茫可數，諸人嘆息久之。稍北往西，方丈室⑦在峭巖下，懸柱而修，旁視訝且恐。室中讀雷少中⑧詩石刻，蓋予從大父洺州君所書。又有予從父懷遠君詩在壁。其南境物不减文殊殿。斯須，過鐘樓，出方丈後，上萱草坡。寺僧云："每當秋夏

---

① 雲堂：又稱僧堂，僧人設齋吃飯和議事的地方。

② 影室：即影堂，寺廟道觀里供奉佛祖、尊師真影之處。

③ 清凉山：即五臺山，因夏無炎暑，佛教稱爲清凉山。

④ 代郡：即今山西代縣。

⑤ 鄯陽：即今山西朔縣。

⑥ 馬邑：在今山西朔縣東北四十里。

⑦ 方丈室：寺院里僧尼長老、住持的住所。

⑧ 雷少中：即雷思，金代渾源人，舉進士第，累官大理寺卿，後同知北京轉運使事。

交，萬花被坡錦綉堆，花多金蓮①，如燈照山谷。又萱草②無數，故以云。又號‘百花岡’。”惜余來暮，不得見。綠坡草滑，步旋顛。既上，立大木間，東望峰巒奇秀。又南數步，至山巔，曠蕩開廓，千里目中，秋容蒼然，群山崙立，蓋天下絕境也。下瞰西方丈在崖中。又有大石突空出，德升獨踞而歌，余栗不能往。忽聞有聲如雷震，在文殊殿西，遊氛飆起，疑霹靂出澗底，諸人駭焉。後問之寺僧，乃大木落也。礧礴移時，片雲突涌垂空，恐雨作，乃下。

飯餘，往西巖。巖在西方丈西，數峰如嶄截，巋嵬磊砢相倚，仰觀凛凛褫人神。下有屋三楹，幽潔。前有大石，石上有大樹，陰翳翳，其境物大概如西方丈前。忽見浮陰③四合，微雨落。又飛雲汹涌上走，騰騰然，諸人皆在雲氣中，只尺相失。未幾，夕日出，光景鮮明，餘雲變化半隱晦。暮歸方丈，見白雲縹緲，如帷幔數十幅，自文殊殿東南來，奔馬莫能追。其間樹彩崖姿，披露閃爍，怪麗甚。山風擺蕩，林木駭人，若天地轟礚開震矣。

夜宿方丈東軒。未寢，開門，月在空，陰氛已開。巖巒、樹木、殿閣相映，頗悸竦。予行吟軒外，幾夜半方眠，自覺襟懷瀟灑，意氣雄壯，如神仙中人也。曉陰復合，予獨曳杖復往文殊殿，雲光霧色，冲突勃鬱如元氣④中。西望川原，莽蒼不可見。西巖、西方丈皆爲烟雨晦藏。秋風怒號，疑鬼神交戰。青林紅葉隱映，乍有無。余嘆曰：“生年三十，局促城市間，不意今朝見天地偉觀！”以寒甚，不能久留，乘雲氣而回。迨雨止，復與諸人往西

① 金蓮：又名金芙蓉、旱地蓮。夏季開花，瓣萼均爲深黃色，瓣心有紅點，色彩艷麗，一直開放到秋天，花朵干而不落。

② 萱草：俗稱金針草、黃花草，多年生宿根草本，夏季開花，漏斗狀，橘黃色或橘紅色。

③ 浮陰：流動的帶水氣的雲。

④ 元氣：天地未分前的混沌之氣。

嚴、西方丈題詩，且談笑良久。時日已中，別寺僧而歸。

復過雲堂，見梁秀嚴嗊詩，字畫亦美。遂由舊路東北往，林間殘雨滴衣，嵐氣烟霏，交走橫騖，皆眷戀不忍去，因共作《龍山》詩。又恐雨復作，仍遲疑，忽見平川，晴色爛然。行至水窟，路益北，一二里，出林。望龍山脊，巍峻與天角。又數十步，忽見高崖峭壁，扶裂分張，日光中映，如潑黛，如挼藍。崖間有水光，炯然如劍出匣射日，四山樹葉炫人。余與二三子健躍嘆賞，又作詩以紀之。

自此，無深林大木，行黃花紅葉中。又二三里，行甚苦，扳援方能進。忽見孤峰嵌天，峰上碕，攢擁牙角，口鼻軒軒。下一峰腋出如劍，諸人不覺失聲稱奇，又作詩紀之。回顧諸峰，千態萬狀，不可殫紀。路益下，三四里至神谷，谷中有泉出石罅，浪然。其流散漫出山外。崖東有神祠，祠邊有樹，余與二三子憩祠下，題詩。天已暮，月上，隨水聲行。又里餘，方出谷。又涉水乘月往，咸謀宿野寺中。明旦，別壽卿，予三人者歸渾水。

嗚呼，余生山水間，故有樂山水心。然南遊二十年，所居皆通都大邑，無山林，嘗迫狹不自得。今因北歸，得遊歷故山，可勝快哉！況干戈未已，栖隱爲上，行當結屋山中，覽天地變化之機，而又讀書足以自娛，著書足以自奮，浩歌足以自適，默坐足以自觀。逍遙澗谷，傲睨雲林①，與造化爲徒，與烟霞爲友，雖飯蔬飲水無慍於中。振迹寬心，可以出一世之外，又何必高車大蓋、驪騎滿前方爲大丈夫哉？因記。

録自《歸潛志》

---

① 雲林：指隱居的地方。

遊龍山記①

元·麻　革

　　余生中條②、王官③、五老④之下，長侍先人，西觀太華⑤，迤邐東遊洛，因避地家焉。如女幾⑥、烏權⑦、白馬⑧諸峰，固已厭登，飽經窮極幽深矣。

　　革代以來，自雁門逾代嶺⑨之北，風壤陡異，多山而阻，色往往如死灰，凡草木亦無粹容。嘗切慨嘆南北之分，何限此一嶺，地脉⑩遽斷，絕不相屬如是耶？

---

　　① 《遊龍山記》：龍山，位於山西渾源西南，一名封龍山。其絕頂稱爲萱草坡，遍生翠杉蒼檜，參天凌雲。夏季雨後，雲氣上騰如龍，故名。元太宗十一年，作者途經渾源，與友人一道登臨龍山，寫下這篇遊記，以具體生動的語言展現了龍山多姿多彩的迷人風貌。

　　② 中條：山名，位於山西西南部，黃河和涑水河、沁河之間，主峰雪花山在永濟東南。

　　③ 王官：王官谷，在山西永濟，位於中條山中。

　　④ 五老：山名，位於永濟東南。

　　⑤ 太華：山名，華山主峰，古稱“西嶽”，位於陝西華陰南。

　　⑥ 女幾：山名，位於河南宜陽西，俗名石鷄山。

　　⑦ 烏權：山名，位置不詳，似應在河南洛陽附近。

　　⑧ 白馬：山名，在河南洛陽東北三十里。

　　⑨ 代嶺：指雁門山，在山西代縣西北三十里。

　　⑩ 地脉：古人所講的地的脉絡。

越①既留滯居延②，吾友渾源劉京叔③嘗以詩來，盛稱其鄉泉石林麓之勝。渾源實居代北，余始而疑之。雖然，吾友著書立言，蘄信於天下後世者，必非夸言之也，獨恨未嘗一遊焉。

今年夏，因赴試武川④，歸，道渾水⑤，修謁於玉峰先生魏公。公野服蕭然，見余於前軒，語未周浹，驟及是邦諸山："若南山，若柏山，業已遊矣，惟龍山爲絕勝，姑缺茲以須諸文士同之。子幸來，殊可喜。"乃選日爲具，拉諸賓友，騎，自治城西南行十餘里，抵山下。

山無麓，乍入谷，未有奇。沿溪曲折行數里，草木漸秀潤，山竦出，嶄然露芒角；水聲鏘然鳴兩峰間，心始異之。又盤山行十許里，四山忽合，若拱而揖、環而衛之者。嘉木奇卉被之，葱茜醲鬱。風自木杪起，紛披震蕩，山與木若相顧而墜者，使人神駭目眩。

又行數里，得泉水泓澄渟濇者焉。洑出石罅，激而爲迅流者焉。陰木蔭其顛，幽草繚其趾。賓欲休，咸曰："莫此地爲宜。"即下馬，披草踞石列坐，諸生瀹觴以進。酒數行，客有指其西大石曰："此可識。"因命余。余乃援筆，書凡遊者名氏及遊之歲月而去。

又行十許里，大抵一峰一盤，一溪一曲，山勢益奇峭，樹林益多，杉檜栝柏，而無他凡木也。溪花種種，金間玉錯，芬香入鼻，幽遠可愛，木蘿松鬣，冒人衣袖。又縈紆行數里，得岡之高，邅陟而上，馬力殆不能勝。行茂林下。又五里，兩嶺若岐，中得浮屠

---

① 越：語氣助詞，無意義。
② 居延：古地名，故城在今內蒙古額濟納旗東南。
③ 劉京叔：即劉祁，山西渾源人，金太學生，入元，曾任山西東路考試官等職，著有《歸潛志》。
④ 武川：今屬內蒙古，在呼和浩特西北。
⑤ 渾水：渾河，桑乾河支流，流經渾源縣城。

氏①之居曰"大雲寺"。有僧數輩來迎，延入，館於寺之東軒。林巒樹石，櫛比楯立，皆在几席之下。

憩過午，謁主僧英公，相與步西嶺，過文殊巖。巖前長杉數本挺立，有磴懸焉。下瞰無底之壑，危峰怪石，巑岏巧斗，試一臨之，毛骨森竪。南望五臺諸峰，若相聯絡無間斷。西北而望，峰豁而川明，村墟井邑，隱若微茫，如弈局然。徜徉者久之。夤緣入西方丈，觀故侯同知運使雷君②詩石及京叔諸人留題。回，乃徑北嶺，登萱草坡，蓋龍山絶頂也。嶺勢峻絶，無路可躋，步草而往，深弱且滑甚，攀條捫蘿，疲極乃得登，四望群木皆翠杉蒼檜，凌雲千尺，與山無窮。此龍山勝概之大全也。

降，乃復坐文殊巖下，置酒小酌。日既入，輕烟浮雲，與暝色會。少焉，月出寒陰，微明散布石上，松聲倏然自萬壑來。客皆悚視寂聽，覺境愈清思愈遠。已而相與言曰："世其有樂乎此者與！"酒醺，談辯蜂起，各主其家山爲勝，更嘲迭難不少屈。玉峰坐上坐，亦怡然一笑。詩所謂"善戲謔兮，不爲虐兮"③者是也。

至二鼓，乃歸，臥東軒。

明旦復來，各有詩，識於石。午飯主僧丈室。已乃循嶺而東。徑甚微，木甚茂密，僅可通馬行。又五里，至玉泉寺。山勢漸頗隘，樹林漸稀闊，顧非龍山比。寺西峰曰"望景臺"，險甚，主僧導客以登，歷嶔崟，坐盤石。其傍諸峰羅列，或偃或立，或將僕墜，或屬而合，或離而分，貢奇獻異，不一狀。北望川口最寬肆，金城④原野，分畫條列，歷歷可數；桑乾一水⑤，紆繞如玦，觀覽

___

① 浮屠氏：僧人。

② 故侯同知運使雷君：即雷思，金代渾源人，舉進士第，累官大理寺卿，後同知北京轉運使事。

③ 善戲謔兮，不爲虐兮：見《詩經·衛風·淇奧》，朱熹注："善戲謔，不爲虐者，言其樂易有節也。"

④ 金城：即今山西應縣。

⑤ 桑乾一水：桑乾河，永定河的上游，由山西北部流往河北西部。

曠達，此玉泉勝處也。

　　從此歸，路險不可騎，皆步而下。重巒峻嶺，愈出愈奇。抵暮乃得平地，宿李氏山家。

　　臥，念茲遊之富，與夫昔所經見而不能寐。若太華之雄尊，五老之巧秀，女幾之婉嚴，烏權、白馬之端重，茲山固無之。至於奧密淵邃，樹林薈蔚繁阜，不一覽而得，則茲山亦其可少哉！人之情大抵得於此而遺於彼，用於所見而不用於所未見，此通患也。不知天壤之間，六合之內，復有幾龍山也。因觀山於是乎有得，徒以文思淺狹，且遊之亟，無以盡發山水之秘。異時當同二三友，幅巾藜杖，於於而行，遇佳處輒留；更以筆札自隨，隨得隨紀，庶幾茲山之仿佛云。

　　己亥歲①七夕後三日，王官麻革記。

録自《貽溪集》

───────────

①　己亥歲：元太宗十一年（1239）。

兩山行記^①

元·元好問

　　甲辰^②夏五月八日，予以事當至崞縣^③。初約定襄^④李之和偕往，適幕府從事^⑤宣德^⑥劉惠之、平陽^⑦李干臣還軍官山，過吾州，遂與同行。是日行八十里，野宿天涯山前。

　　明旦入縣，劉、李別去，予獨遊神清觀。舊聞行臺員外^⑧、廣寧^⑨王純甫棄官學道，築環堵^⑩而居，甚欲見之，乃屬其徒潞^⑪人和志冲道姓名。純甫聞予來，欣然出迎。予謂："先生方晏坐，不肖^⑫之來，將無妨靜業^⑬乎?"曰："習靜固道人事，然亦有不應靜

---

　　① 《兩山行記》：兩山，指位於今山西原平的鳳凰山和前高山。蒙古乃馬真後三年，作者和友人遊覽了兩山。本文爲作者此行記遊之作《兩山行記》中遊覽鳳凰山部分。

　　② 甲辰：蒙古乃馬真後三年（1244）。

　　③ 崞縣：今屬山西原平。

　　④ 定襄：今屬山西。

　　⑤ 幕府從事：古代軍政大吏、州郡長官府署自行任命的僚屬。

　　⑥ 宣德：今河北宣化。

　　⑦ 平陽：今山西臨汾。

　　⑧ 行臺員外：行御史臺的次官。

　　⑨ 廣寧：今遼寧北鎮。

　　⑩ 環堵：四面環繞一丈見方的土墻。指狹小、簡陋的居室。

　　⑪ 潞：今山西長治一帶。

　　⑫ 不肖：自謙之稱。

　　⑬ 靜業：佛教語，指清净的善業。

時。”因相與大笑。已而之和至。同郡莊煉師①通玄，時住此縣之天慶觀，携酒見過，乃聚話於西齋。純甫先隱前高，予問：“前高景趣比雁門②、鳳凰山③爲何如？”純甫言：“前高去此五十里而近，君能一遊，到則當自知之。”

予竊自念：言先東巖君④生平愛鳳山，然竟不一到，故詩有“鳳凰聞説似天壇，北去南來馬上看。想得松聲滿巖谷，秋風無際海波寒”之句。予二十許時，自燕都⑤試，乃與客登南樓，亡友蘇莘老、閻德潤、張九成、王仲容輩，説山中道人所居，有松風軒，層檐高棟，半出空際；長松滿澗谷，如雲幢烟蓋，植立欄檐之下；山空夜寂，石上聞墜露聲，使人耿耿不寐。曩時聞此，固嘗以不一遊爲恨矣。北渡又十年，每過雁門⑥，壽寧⑦武尊師⑧子和、圓果、慶上人⑨鍾秀、李文必以此山爲言。是則夙志爲不可負，而前高之遊當次第及之也。

即日與純甫、之和并山而東，出雁門之南，夜宿王仲章道正⑩瑞雲庵。庵在鳳山之麓，山中來儀觀，仲章主之。道士孫守真，年八十，童丱入道，其家爲此觀黄冠者，至渠十五世矣。亂後無圖志⑪可考，山之故事多從此翁得之。

十一日，仲章步送入山，由真人谷行。夾道雜花盛開，水聲激激，自澗壑而下。且行且止，不知登頓之爲勞也。半山一峰爲釣

---

① 煉師：原指德行高尚的道士，後用作對一般道士的敬稱。
② 雁門：即雁門山，在山西代縣西北，又名句注山。
③ 鳳凰山：在山西代縣以南、原平以東。
④ 東巖君：元好問之父元德明，號東巖。
⑤ 燕都：燕京，今北京。
⑥ 雁門：即雁門縣。今山西代縣。
⑦ 壽寧：今屬山西代縣。
⑧ 尊師：對道士的敬稱。
⑨ 上人：對和尚的敬稱。
⑩ 道正：道觀的住持、觀主。
⑪ 圖志：附有地圖的地志書。

魚臺，其上爲十八盤，爲青龍嶺，爲風門。由風門而下，繞佩劍峰之右，爲來儀觀。觀在山腹。峰回路轉，臺殿突起，雲林①悄然，別有天地，信靈境②之絕異也！

觀有天寶四載③石記，是道學士④董思珍所造。思珍殆學究⑤之粗能秉筆者耳，文鄙而義隱，讀之或不能句，故雖鄉人，少有知來儀之始末者。子爲之反復數過，始見崖略。蓋後魏太武⑥嘗都於此，師事寇謙之⑦，授秘篆⑧，自崧高迎謙之來居此山。時有鳳凰見，太武爲立觀，且以"鳳凰"名之。觀歷周、隋，至唐而廢。真人谷本以謙之爲言，而訛爲"質兒"；鳳遊池以鳳凰來遊爲言，亦轉而爲"伏牛"。開元初，北嶽先生、諫議⑨胡山隱案圖志，求故實⑩，嘗爲辨之。天寶元載⑪，敕天下玄元廟⑫有頹毀者，在所長官量事修建；又古今得道升仙之地，代遠迹存者，皆虔加禮醮，

---

① 雲林：原意爲隱居之所，這里指來儀觀。

② 靈境：莊嚴妙土，吉祥福地，指寺廟道觀所在的名山勝境。

③ 天寶四載：唐玄宗天寶四年（745）。

④ 道學士：唐代培養道教徒的學府中的生徒。

⑤ 學究：唐代科舉制度有"學究一科"，專門研究一種經書，應這一科考試的稱爲學究。《說郛》卷十引前蜀馮鑒《事始》："唐明皇別置道學，隸崇賢館，課試如明經，謂之道舉。"

⑥ 後魏太武：北魏太武帝拓跋燾。

⑦ 寇謙之：北魏道士。字輔真，上谷昌平（今屬北京）人。曾從成公興於華山、嵩山學道，後托言太上老君授予"天師"之位。北魏始光（424—428）年間，應召赴京都平城（今山西大同），甚受太武帝拓跋燾敬重。他在平城建立天師道場，稱爲新天師道。

⑧ 秘篆：道教神秘的文書。

⑨ 諫議：諫議大夫，職掌侍從規諫。

⑩ 故實：有參考或借鑒意義的舊事。

⑪ 天寶元載：天寶元年（742）。

⑫ 玄元廟：祠奉老子的廟宇，即道觀。唐奉老子爲始祖，乾封元年（666）追號爲"太上玄元皇帝"。

此山應焉。北京①居士②高談幽、辟谷③煉師高敬臣，乃共補葺之。碑文刻云："天寶五載，改鳳凰山爲嘉瑞山。八載，置天長觀。"蓋唐以玄元爲祖，"天長"者，以胤祚而言之也。觀度④道士七人：高悟真、董參玄、馮通玄、朱自然、孫泠然，餘二人石闕。供養童子⑤尉遲如玉。朱自然姓字下別刻云："自然以天寶十三年十月五日升天⑥。其日未時⑦至京，陳謝唐天子⑧。天子异焉，敕中使⑨復勘。如玉以後十日亦上升⑩。"孫守真言朱仙翁⑪上升事，觀曾有敕書碑；唐以後薦經喪亂，焚毁略盡，獨董記僅存耳。

來儀觀額：政和七年⑫九月，兵馬鈐轄⑬知代州⑭王機建，權發遣⑮河東⑯沿邊按撫司⑰公事王誨書。觀之東有養虎峰、飲虎及五斗二泉。南有天柱峰，峰之南，有神山與五臺境接。西南有玉案峰。西北有煉丹峰、洗藥池，次有玉女峰，峰南有會仙峰，傍有五參

---

① 北京：這里指太原府。唐及此後五代唐、晋、漢三代都以其發祥地太原府爲北京，在今山西太原西南。
② 居士：在家修道的人。
③ 辟谷：道教的一種修煉術，不食五谷，但仍食藥物，并兼做導引等功夫。
④ 度：僧尼道士勸化人出家。
⑤ 供養童子：在佛祖神道像前擺設供品的未成年男子。
⑥ 升天：道教謂修煉功成，得道仙去。
⑦ 未時：古代十二時辰以十二地支爲紀，未時相當於十三時至十五時。
⑧ 天子：古代認爲君權爲神所授，因此稱帝王爲天子。
⑨ 中使：皇帝宮中派出的使者，多爲宦官。
⑩ 上升：同升天。
⑪ 仙翁：對道士的敬稱，也指男性神仙。
⑫ 政和七年：政和，宋徽宗年號。政和七年，公元 1117 年。
⑬ 兵馬鈐轄：宋代武官名，爲地方屯駐軍的長官。
⑭ 代州：今山西代縣。
⑮ 權發遣：宋代官制，在判、知之外，凡資歷較輕而提拔較快的，稱"權發遣"以示分別。
⑯ 河東：即河東路。治所在并州（今山西太原），轄境相當今山西省內長城以南，及陝西佳縣以北地區。
⑰ 按撫司：宋代掌管一方軍民兩政的官署。

樹。北王母池、佩劍峰，有白虎池。谷中有水簾、朱砂、白雲三洞。青龍嶺旁，有桃花洞。觀北少西，洗參池，又名青龍池。門之下有鳳遊池。中殿曰"太霄"，太霄前石壇上，有大松名"升仙樹"。門右有松，高與壇樹等，名"望仙"。佩劍之下有燒藥爐，墨石故在。白虎池之下有鳳栖樹，立石爲識。凡洗參、望仙、升仙、藥竈，悉朱自然遺迹也。自餘葛洪①煉丹爐、孫真人②養虎峰，四子峰有莊③、列④、亢倉⑤、文子⑥祠，土人便謂向上諸人皆嘗隱於此，殆齊東語⑦也。予恐識者或并其可信者而疑之，故不録。

守真又言：神仙劉海蟾⑧以天聖九年⑨遊歷名山，所至并有留迹。代州壽寧石詩十韵云："醉走白驢來，倒提銅尾秉。引個碧眼

---

① 葛洪：東晋丹陽句容（今屬江蘇）人，字稚川，號抱樸子。自幼愛好神仙導養之術，曾任諮議、參軍等職，賜爵關内侯。後聞交趾出丹砂，求爲勾漏令，於羅浮山煉丹。著有《抱樸子》。

② 孫真人：即孫思邈，唐代京兆華原（今陝西耀縣）人，著名醫學家，著有《千金要方》《千金翼方》。此外涉獵經史百家，兼通佛典道藏。

③ 莊：莊子，名周，戰國時宋國蒙（今河南商丘東北）人。他與後學所著《南華經》爲道教經典之一。唐天寶元年，曾尊號爲"南華真人"。

④ 列：列子，即列御寇，戰國時鄭人，《莊子》一書中有許多關於他的傳説，被道家尊爲前輩。唐天寶元年，曾尊號爲"冲虚真人"。

⑤ 亢倉：本爲書名，又作《亢桑子》，舊題周代庚桑楚撰。這裏即指庚桑楚，又稱庚桑子。他是《莊子》中的寓言人物，後被尊爲道家前輩，唐天寶元年，曾尊號爲"洞虚真人"。

⑥ 文子：本爲書名，作者佚名。唐玄宗時詔號爲《通玄真經》，列爲道教經典之一，文子作爲道教前輩，也被尊號爲"通玄真人"。

⑦ 齊東語：齊東野語，比喻道聽途説、不足爲據的言語。

⑧ 劉海蟾：道教全真道北五祖之一。名操，字宗成，五代燕山（治所在今北京西南宛平）人。一説名哲，字元（鉉）英，後梁廣陵（今河南息縣）人。在燕主劉守光麾下爲相，好黄老之學。後棄官隱居於華山、終南山，相傳得道成仙而去。

⑨ 天聖九年：公元 1031 年。天聖，宋仁宗趙禎年號（1023—1032）。

奴①，擔着獨壺癭。自言秦世事，家住葛洪井。不讀《黃庭經》②，豈燒龍虎③鼎？獨立都市中，不受俗人請。欲携霹靂琴④，去上芙蓉頂⑤。吳牛買十角⑥，溪田耕半頃。種秫釀白醪⑦，便是仙家景。醉卧古松陰，閑立白雲嶺。要去即便去，直入秋霞影。"仍自寫真其旁，撮襟⑧書"龜鶴齊壽"四字，題云："廣寧閑民⑨劉操書。"此詩宋白噪子西曾次韵。子西於詩，號爲專門，極力追之，曾不能仿佛。仙材、凡筆，固自不同！世俗所傳劉翁入道⑩詩，所謂"予因太歲⑪生燕地，十六早登科甲第"者，吾知翁碧眼奴亦當羞道之矣！今全真家推翁爲祖，翁之姓名鄉里且不能知，況其道乎？是又可爲一嘆也！

　　來儀亦自寫真，飛白⑫"清安福壽"四字；所畫五星，惟土宿獨存。已上皆在太霄殿外壁。土宿閉目，倚一幡，坐下一牛。四字，"清安"在東，"福壽"在西。説者以爲心清而安，則福壽從之。翁此畫不爲無意也。寫真在西南，一幅巾黃衣，右肩挑酒瓢，左肩挑布囊，破處綻補之。氣韵古淡，望之知爲有道者。年歲既久，將就湮滅，惜無名手爲臨摹之耳。

　　守真住山五十年，不省有爲猛獸毒螫所傷害者。山中靈异甚

---

①　碧眼奴：古代指做奴僕的胡人。

②　《黃庭經》：道教經名，全稱《太上黃庭内景經》《太上黃庭外景經》。内容是以七言歌訣講説道家養生修煉的道理。

③　龍虎：道教術語，指水與火。

④　霹靂琴：古琴名，用被雷擊過的桐木制成。

⑤　芙蓉頂：古代傳説中的仙境。

⑥　十角：指兩頭牛，爲十二蹄角省稱。

⑦　白醪：糯米甜酒。

⑧　撮襟：不用筆，而以卷帛寫字的一種書法。

⑨　閑民：清閑無事的人。

⑩　入道：皈依宗教，出家爲道士或僧尼。

⑪　太歲：指太歲之神。古代數術家認爲太歲神所在之方位及與之相反的方位，均不可興造、遷徙和嫁娶，犯者必有凶禍。

⑫　飛白：一種特殊的書法，筆畫中絲絲露白，如枯筆所寫。

多：佩劍峰劍聲錚然，陰晦中時有光怪照，山谷皆明；静夜或聞音樂雜作，琴、築、箏、笛，歷歷可辨，仙犬時吠。今年上元①，村落來燒燈者及聞之。

之和持莊煉師所餉酒來，約月中飲之。是夜雷雨大作，遂不果。山氣蒸鬱，可喜可愕。雨從林際來，謖謖有聲，雲烟草樹，濃淡覆露。不兩時頃而極陰晴晦明之變。夜參半，星月清潤，中庭散步，森然魄動。惜情景之不可久留也。之和賦詩，予亦漫作樂府一首，欲爲純甫醉後歌之。

明日，期城中諸公不至，留題殿壁而去。下山宿孫張道院②。又明日，爲前高之遊。

錄自《元好問全集》

① 上元：農曆正月十五爲上元節，又稱元宵節。
② 道院：道士居住的地方。

晋祠①記

明·喬　宇

　　初七日起行，過太原城西。以太原人國子生②宋灝善篆而劚石，遂與偕行。西南行四十五里，至於周唐叔虞③始封之地。虞有祠於太原縣④之西南，是爲晋祠。下輿謁焉。祠之右有晋源神廟，其像爲聖母。殿前皆蟠飾雕金龍於柱，宋額曰"惠遠祠"，并東臨於泉上。

　　泉自懸瓮山⑤而出此，結二穴以泄。穴廣二尺許，因甃石池之。溢泛爲溪，北折而東，瀰漫盈決，渠穿澮引，條經井絡，用溉

---

　　① 晋祠：在今山西太原西南二十五公里的懸瓮山下，原爲紀念晋國開國君主唐叔虞而建。唐叔虞子燮因晋水改國號爲晋，所以唐叔虞的祠堂被稱爲晋祠。始建於北魏之前，歷代均有修葺。現有唐叔祠、聖母殿、水母樓、魚沼飛梁等建築，以及周柏、唐槐和"難老泉"。其中聖母殿，又稱"邑姜廟"，建於北宋天聖年間，爲我國古代現存罕有的建築之一。殿内有宋代精美侍女塑像四十二尊，造型優美，形態各异，與難老泉和周柏唐槐，被譽爲"晋祠三絶"。明代正德十六年（1521），作者因公途經太原，就便遊覽了晋祠。

　　② 國子生：國子監的生員。

　　③ 唐叔虞：周武王子、周成王弟，名虞。周公滅唐（古國名，在今山西翼城西），成王戲削桐葉以之封叔虞。史佚請擇日立叔虞。成王説："我與他遊戲罷了。"史佚説："天子無戲言。"成王無奈，只得封叔虞於唐。

　　④ 太原縣：即今山西太原晋源。

　　⑤ 懸瓮山：在今山西太原西南。山腰有巨石如瓮，水出其中，故名。又有龍山、汲瓮山、結絀山等多種名稱。

田疇。方四十里晋陽①之民稻粱而食者，皆饗其利，號爲膏腴。故歲孟秋，持牲酒報賽②源神於祠下者，纏屬於道。是時農事方興，初苗被野，清流數派，環繞於綠畦之外；復有垂楊挂絲，晴花吐蕊，掩映川源，殊有江鄉之景。

通渠間即智伯③用以灌晋陽處，凡有三派，同入於汾河④。祠內有唐太宗御製碑⑤，碑後唐宋石刻左右列。傍有千年柏，桑皮黛幹，蒼蒼蓋於祠上，爲祠增色。幽鳥往來，鳴於樹間。予與宋生談於柳陰之下，佳景逸發。予爲詩，俾宋生篆刻於祠內之石。

録自《山西通志》

---

① 晋陽：即太原縣。

② 報賽：謝神。

③ 智伯：即知伯，又稱荀瑤。春秋時期周敬王二十三年（前497），知伯率韓、魏攻趙圍晋陽，引水灌城。後韓、魏反與趙合謀攻滅知氏，從而奠定了三家分晋的局面。

④ 汾河：發源於今山西北部的管涔山，向南流經山西中部，至新絳轉向西，在萬榮西匯入黃河。

⑤ 唐太宗御製碑：李淵父子起兵太原，滅隋建唐。貞觀二十年（646），爲酬謝唐叔虞神保佑，唐太宗李世民親自撰文并書寫了《晋祠銘》，全文1203字，行書，勁秀挺拔，灑脱雄奇，頗得王羲之神韵，該碑現存貞觀寶翰亭内。

遊晋祠記^①

明·蘇惟霖

太原縣南十里，晋祠在焉。周成王剪桐所封之地也。李唐嗣統，祀之爲始祖；宋元代剖藩符，碑歷歷可指數。居民千家，烟火成霧，祠踞其中。

入門渡一小橋，垂柳相映，流水淙淙，已令人有仙源之想。石磴數十級而上，金碧錯落，奉聖母其中，尊嚴肅穆。余顧太原令曰："何以不祀唐叔而祀母？母且爲誰？"則以祠所負之山曰"懸甕"，綿亘數十里。山下出泉，灌溉環邑，委於汾河。土人以爲惠出於母，尸祝之耳，何知唐叔！顧瞻久之而下。

其左方圓亭所罩則泉源也，一泓如洗，萬道迸涌，雲根三窟噴雪轟雷，無朝昏間。其上一亭，爲宋紹聖^②間文公知白^③守此，疏浚泉源。記其事，文理質雅，筆法遒勁。亭下引流入溝，灌輸四走，石魚游泳其中，不知避人。折而右，圓亭相峙。水從地上涌，輸瀉無聲。

殿前壘石爲方臺，一樹森蔚其中，若廣陵^④瓊花舊迹。周遭四金人怒而立，其三皆宋紹聖二年、五年物；相傳其一出亡，爲本

---

① 《遊晋祠記》：明代萬曆四十年，作者遊覽了晋祠，寫下了這篇遊記。
② 紹聖：北宋哲宗年號（1094—1098）。
③ 文公知白：即陳知白，北宋閬中（今屬四川）人，曾任太原縣尉。
④ 廣陵：今江蘇揚州。

朝弘治①年補立，年月姓氏，鑄記甚明。而儒生不知其幻，或以爲偽。

再折而右，遙望雲中，碧瓦鱗鱗者，朝陽洞也。洞甚洪敞，主者以磚石甓其四旁爲墻壁；且折而爲堂房，墁平其頂，略無石意，居然三座無梁梵宇，若仍石之舊而合三爲一，其中可容千人。上有巉巖，下有鳴泉，真勝地也。洞門二柏，大數圍，枝擾雲漢，聲挾風雨，根入地數百尺，一癭大如鼓，蓋千年物也。

稍前數十步，三渡流水，謁唐叔祠。祠左一石，前撫蘇舜澤②公因母廟日嚴而叔祠日冷也，爰修葺之，因紀其事，綴以登歌之詞。門外有碣隆然，則唐太宗貞觀廿年③御製祠記，手書莊雅，石理如玉，額式雄古。碑陰皆唐宋諸遊者題名雜識。

轉入水亭，俯檻靜觀。水底芹藻如淺碧琉璃，鮮活欲動；游魚若龍，不可馴擾。飛流碎沫，如銀河直落，可望而不可親也。清風徐來，冷沁肌骨，徘徊不能去。

壬子④九月十七日，篝燈⑤記於清源⑥公署⑦。

録自《山西通志》

---

① 弘治：明孝宗年號（1488—1505）。
② 蘇舜澤：即蘇祐，字允吉，一字舜澤，明濮州（治所在今山東鄄城）人。進士，嘉靖二十六年（1547），曾任山西巡撫。後官至兵部尚書。
③ 貞觀廿年：公元646年。
④ 壬子：明萬曆四十年（1612）。
⑤ 篝燈：把燈放置在竹籠中，這里意同燃燈。
⑥ 清源：今山西清徐。
⑦ 公署：古代官員辦公的處所。

遊晉祠記①

清·朱彝尊

　　晉祠者，唐叔虞之祠也，在太原縣西南八里。其曰"汾東王②"，曰"興安王"者，歷代之封號也。祠南向，其西崇山蔽虧。山下有聖母廟，東向。水③從堂下出，經祠前；又西南有泉曰"難老"④，合流分注於溝澮之下，溉田千頃。《山海經》所云"懸瓮之山，晉水⑤出焉"是也。水下流，會於汾，地卑於祠數丈，《詩》言"彼汾沮洳"⑥是也。聖母廟不知所自始，土人遇歲旱，有禱輒應，故廟特巍奕，而唐叔祠反若居其偏者。隋將王威、高君雅因

---

　　①　《遊晉祠記》：清康熙五年（1666），作者在去天龍山的途中遊覽了晉祠，寫下了這篇遊記。

　　②　汾東王：同下"興安王"，均爲歷代帝王對唐叔虞的封號。

　　③　水：指魚沼泉，在晉祠正殿右側。

　　④　難老：在聖母殿東南，水流清澈，長年不息。泉上有亭覆蓋，下有涵洞將泉水引流出來，分爲數道。難老泉與魚沼泉、善利泉并稱"晉水三泉"。

　　⑤　晉水：即源於難老泉的水流，向東注入汾河。又名"晉渠"。

　　⑥　沮洳：低下潮濕。

禱雨晉祠，以圖高祖是也①。廟南有臺駘②祠，子産③所云汾神是也。祠之東有唐太宗晉祠之銘，又東五十步，有宋太平興國④碑。環祠古木數本，皆千年物，酈道元謂"水側有涼堂⑤，結飛梁⑥於水上，左右雜樹交蔭，希見曦景⑦"是也。自智伯決此水以灌晉陽，而宋太祖、太宗卒用其法定北漢⑧。蓋汾水勢與太原⑨平，而晉水高出汾水之上，決汾之水不足以拔城，惟合二水，而後城可灌也。

歲在丙午⑩二月，予遊天龍之山⑪，道經祠下，息焉。逍遥石

---

① "隋將"句：據《資治通鑒》記載：隋恭帝義寧元年（617），太原副留守虎賁郎將王威、虎牙郎將高君雅懷疑太原留守李淵心存异志，晉陽鄉長劉世龍乘機密告李淵説王、高二人想借去晉祠祈雨的機會發難，於是李淵借故將王、高二人捕殺。高祖，即唐高祖李淵。

② 臺駘：汾水之神。相傳臺駘是金天氏後裔昧的兒子，昧爲水官。臺駘繼承父業，疏通汾水，定居太原。帝顓頊把汾水流域封給了他，他死後就成了汾水之神。

③ 子産：春秋時代鄭國的賢相公孫僑，字子産，掌握國政四十餘年。據《左傳》記載，晉平公患病，卜卦的人説是實沈、臺駘爲祟。子産到晉國聘問時指出，臺駘是汾水之神，與晉平公的疾病無關。

④ 太平興國：宋太宗趙光義年號（976—984）。

⑤ 涼堂：建於水邊的殿堂。

⑥ 飛梁：飛橋，即魚沼飛梁，位於聖母殿前的魚沼之上，橋面呈十字形，狀如飛鳥，故名"飛梁"。

⑦ 希見曦景：見酈道元《水經注·晉水》曦景陽光。

⑧ 北漢：五代時十國之一，建都太原（今山西太原西南），史稱北漢。據《宋史》記載：開寶二年（969），宋太祖親率大軍圍攻北漢，決晉水和汾水灌城；太平興國四年（979），宋太宗親率大軍圍攻北漢，又決晉水和汾水灌城，終於迫使北漢投降。

⑨ 太原：舊縣名。隋代改晉陽縣置，治所與改龍山置的晉陽同城，在今山西太原西南。唐、五代時爲太原府、河東節度使治所；後周及北宋初，北漢建都於此。

⑩ 丙午：清康熙五年（1666）。

⑪ 天龍之山：天龍山，位於今山西太原晉祠西二十餘里。著名的天龍山石窟建於東、西兩峰山頂朝陽處，共有二十一所，是南北朝、隋、唐時代中國佛教石窟造像藝術的奇葩。

橋之上，草香泉冽，灌木森沉，儵魚群游，鳴鳥不已，故鄉山水之勝，若或睹之，蓋予之爲客久矣。自雲中①歷太原，七百里而遙，黃沙從風，眼眯不辨山谷；桑乾、滹沱，亂水如沸湯，無浮橋、舟楫可渡；馬行深淖，左右不相顧；雁門勾注，坡陀阨隘。向之所謂山水之勝者，適足以增色憂愁怫鬱、悲憤無聊之思已焉。既至祠下，乃始欣然樂其樂也。

由唐叔迄今三千年，而臺駘者，金天氏之裔，歷歲更遠。蓋山川清淑之境，匪直遊人過而樂之；雖神靈窟宅，亦馮依焉不去，豈非理有固然者歟！爲之記，不獨志來遊之歲月，且以爲後之遊者告也。

録自《曝書亭全集》

---

① 雲中：今山西大同。

遊晋祠記[①]

清·劉大櫆

太原之西南八里許，有周叔虞祠。祠西爲懸瓮山，山之東麓有聖母廟。其南又有臺駘祠，子産所謂“汾神”也。有泉自聖母神座之下東出，分左右二道。居人就泉鑿二井，井上爲亭檻以覆之。今左井已湮，泉伏流地中，自井而東，沮洳隱見，可十餘步，乃出流爲溪。溪水洄洑繞祠南，初甚微，既遠乃益大，溉田殆千頃。水碧色，清冷見底，其下小石羅布，視之如碧玉。游魚依石罅，往來甚適。水上有石橋，好事者夾溪流曲折爲室如舟。左右喬木交蔭，老柏數十株，大皆十圍。其中厠以亭臺佛屋，彩色相輝映，月出照水尤可愛。溪中石大者，如馬如羊如棋局，可坐。余與二三子攝衣而登，有童子數人詠而至，不知其姓名，與并坐久之。

山之半有寺，鑿土爲屋，繚曲宏麗。累石級而上，望之，墟烟遠樹映帶田塍如畫。

《山海經》云：“懸瓮之山，晋水出焉。”周成王封弱弟於唐地，在晋水之陽，後遂名國爲晋。既入趙氏，稱“晋陽”。昔智伯決此水以灌趙城，而宋太祖復因其故智以平北漢。甚哉！水之爲

---

① 《遊晋祠記》：作者的兄長任職徐溝，作者去探望他，順道遊覽了晋祠，寫下此記。

利害也。

唐高祖蓋以唐公興，嘗禱於晋祠。既定天下，太宗親爲銘而書之，立石以崇叔虞之德。今其石在祠東。又其東，爲宋太平興國之碑。

是來也，余兄奉之官徐溝①，余偶至其署，因得縱觀焉。念余之去太平興國遠矣，去唐之貞觀益遠矣。溯而上之，以及智伯及叔虞，又上之至於臺駘金天氏之裔，茫然不知在何代。太原之去吾鄉三千餘里，久立祠下，又茫然不知身之在何境。山川常在，而昔之人皆已泯滅其無存。浮生②之飄轉無定，而余之幸遊於此，無異鳥迹③之在太空。然則士之生於斯世，雖能立振俗之殊勛，赫然驚人，與今日之遊一視焉可也。其孰能判憂喜於其間哉！於是爲之記。

録自《海峰詩文集》

① 徐溝：今屬山西清徐。

② 浮生：《莊子·刻意》："其生若浮，其死若休。"意指人生在世，虛浮不定，於是稱人生爲"浮生"。

③ 鳥迹：指鳥飛空中，了無痕迹。

晋泉記^①

清·秦寶瓛

太原縣西南十里有山曰"懸瓮"，《山海經》云"懸瓮之山，晋水出焉"是也。山之麓，碧瓦參差，灌木蓊鬱，則叔虞祠，實居其勝，所謂"晋祠"者也。入祠數十步，聞水聲，循橋而西，得泉二，左曰"善利"，右曰"難老"。中爲大池，旁引曲沿，其水進溢四出，珠跳雪涌，琤琮潺湲，不絕於耳。沿而玩之，則碧草澄映，游魚在空，使人脩然忘塵世事。

昔周封叔虞國於晋水之陽，其後因號爲"晋"。戰國之際，智伯決之以灌晋陽；而宋太宗亦壅汾、晋二水以蹙北漢。意其必汪洋大澤，而清淺乃如此。然自此以東際於汾，溉田千頃，稻米之良甲山右^②矣。

夫杯勺之水何處蔑有！其名泉神瀵^③，淳奇涵秀於深山寂林之中，而爲騷人逸士浮屠老氏之徒留連而夸道之者，亦復何限！顧不適於用，君子猶或病焉。是水也，清泠幽緲，亦若無意於人世

---

① 《晋泉記》：清光緒二年（1876），作者途經晋祠，在遊覽晋水源頭後深有感觸。他把晋水造福當地與人的日常道德修養聯系起來，令人讀後頗受啓發。

② 山右：特指今山西一帶。古人取面向南，西側爲右。山右，即太行山的西側。

③ 神瀵：原指傳說中的一孔泉水。《列子·湯問》："終北國之中有山。山名壺領，狀若甀甄。頂有口，狀若圓環，名曰滋穴。有水涌出，名曰神瀵。臭過蘭椒，味過醪醴。"這里泛指著名的泉水。

者，而人衣食之。是豈其性之异哉？抑盡其性與不能盡其性焉耳？不能盡其性，則杯勺焉而已；充而盡之，則爲江，爲淮①，爲河漢②，無不自杯勺始者，其利又豈特區區數十里耶！故孟子以"泉之始達"③，喻四端④之性。有志之士無以杯勺自小焉，其可矣。

　　丙子⑤冬十一月，余從太原府適汾州⑥，道出祠下，因得憩斯泉之上。摩挲貞觀之碑，樂而不能去也。遂記之，并道其得如是云。

録自《竢實齋文稿》

---

　　①　淮：淮水，今稱淮河。發源於河南桐柏山，向東流經河南、安徽等省，於江蘇匯入洪澤湖後注入長江。

　　②　漢：漢水，又稱漢江，是長江最長支流。發源於陝西西南部，東南流經陝西、湖北，於武漢匯入長江。

　　③　達：原意指幼苗冒出地面的樣子。《詩·周頌·載芟》："驛驛其達，有厭其杰。"毛傳："達，射也。"鄭玄箋："達，出地也。"馬瑞辰通釋："射即初生射出之兒，故箋以'出地'申釋之。"這里指泉水剛剛溢出。

　　④　四端：指仁、義、禮、智四種道德品行的開端。

　　⑤　丙子：清光緒二年（1876）。

　　⑥　汾州：今山西汾陽。

綜勝記①

清·武全文

　　仇猶②北三十有六里，爲春秋時程嬰③藏趙孤所者，曰"藏山"。山環澗繞，南北兩崖削而爲壁者二：曰"綉屏"，曰"凌空"。崖壁間懸而爲洞者四：曰"東洞"，曰"藏身洞"，曰"龍洞"，曰"南洞"。扼而爲泉者三：曰"飛瀑"，曰"龍潭"，曰"澗道"。秩而爲祠者四：曰"文子④廟"，曰"報功殿"，曰"啓忠祠"，曰"表孤祠"。高而爲門及樓者二：曰"南天門"，曰"飛巖樓"。錯而著名者五：曰"洞壑"，曰"龍池"，曰"垂璧"，曰"柱笏峰"，曰"避静巖"。

　　綉屏壁，在柱笏峰之陰。南澗及洞剖其陽，屬南崖。文子廟在南北之中。東洞直其東，屬兩崖。龍洞在北崖之上，龍潭匯其中，

---

　　① 綜勝：美景總括，即對藏山美景的概述。藏山，在今山西盂縣北三十六里處。除文子祠、藏孤洞、報功祠等人文景觀外，還有滴水巖、南天門等自然景色，自古有"藏山十景"之說。

　　② 仇猶：今山西盂縣。

　　③ 程嬰：春秋時晋國人，爲趙朔的朋友。屠岸賈殺趙朔，滅其族，趙朔妻遺腹生一子，趙朔門客公孫杵臼與程嬰共謀，取他人子藏於山中。程嬰出告屠岸賈，屠岸賈攻殺公孫杵臼及"假孤兒"，程嬰抱趙氏孤兒藏匿山中。後韓厥告訴晋景公，立爲趙氏後，即趙武，并攻滅屠氏。趙武成年後，程嬰云："今宜下報宣孟（趙朔父趙盾）、杵臼。"遂自殺。

　　④ 文子：趙武死後，謚"文"，人稱"文子"。

屬上崖。報功殿在北崖之下，藏身洞隱其右，屬下崖。啓忠祠泊表孤祠在北崖之半，洞壑、龍池、垂璧夾其旁。飛巖樓在凌空壁之下，避靜巖踞其西，屬中崖。上崖由南天門東折而北，中崖由磴道北折而西，南澗由澗道泉西南折而東。

綉屏者，翠綉欲浮，對峙祠前如屏也。凌空者，北崖一帶，奇壁削成，如凌天際也。藏身者，程侯携孤兒栖身此洞，石堵累累猶在也。龍洞者，石龍中踞，空殼玲瓏，鱗甲畢具，盤立泓潭者，數尺也。東洞者，巖盡洞懸，廓然以深，積石叢苔可掬也。南洞者，洞邃潭渟，迴臨南澗，可巢巖峻處也。飛瀑泉者，東洞瀑布或注或零，三時飛雨，冬則冰懸滿洞也。龍潭者，龍洞仰面，珠璣錯落，下澍爲潭，澄如也。澗道泉者，泉水出澗道北，取弗竭，用弗窮也。

祀文子者，德澤永垂，春祈秋報，水旱必以告也。報功殿者，旌忠表烈，追崇程嬰曰“忠智侯”，公孫杵曰“成信侯”也。啓忠祠者，尊文子所自出，祀成季①、宣孟與莊子②也。表孤祠者，肖真孤與假孤其中，一表遺迹於當年，一慰他兒於地下也。

洞壑者，兩崖窮處，劃然中斷，周回如洞屋也。龍池者，洞壑東注，叠匯爲池，旱決則興龍致雨也。垂璧者，壁間有璧，斤琢蹲踞，特垂巖畔也。南天門者，列障成圍，回合無路，南天一關如門也。飛巖樓者，削崖千仞，飛樓軒舉，半覆崖下也。柱笏峰者，南峰如笏，北向拱立，與飛樓相應也。避靜巖者，飛巖西另辟一界，丹嶂環羅，塵迹所罕到也。

崖不一而北崖爲最奇，洞不一而龍洞爲最靈，祠不一而春秋至今爲最古。入其谷，天地辟，日月幽，如出人間世焉。窺其崖，光怪離奇，陰晴萬狀，可望而不可即焉。禮其遺祠，歷其洞屋流泉，

---

① 成季：趙武曾祖父趙衰，死後謚“成子”，也稱“成季”。

② 莊子：趙武父趙朔，追謚“莊子”。

使人心神肅穆，耳目滌宕，高望遠志而不能已焉。嗚呼，勝矣！

録自《山西通志》

遊筆山記①

明·趙國相

石城②之朔，右出二十里許，有山名"筆架"者，肖形也。三峰排矗，中昂旁下，餘若波浪漸削，恍如琢磨所成者。企之則載自呂梁，遵川而南放於屏山無异觀閒。且雲時出岫，而雨即沛空；或淋潦既久，則霧生雲散。鄉人訛傳爲仙人呼吸使然，乃別以神仙證焉。

夫天下豈有仙人！蓋筆峰之精氣所鍾，蒸而蔥鬱有如此。故是名不易，而小號因之者産諸麓也。概其景有八：曰"飛雲布雨"，曰"宿霧流虹"，曰"碧露凝霄"，曰"丹霞餞③日"，曰"岡頭聳翠"，曰"洞口桃榮④"，曰"聲撼寒空"，曰"濤懸古峽"。其他啼鶯蔚獸，怪石奇花，不可勝紀。

---

① 筆山：即筆架山，在今山西離石東北二十里處。三峰并峙，形如筆架。山間雲霧繚繞，有所謂"八景"。明嘉靖十八年（1539），作者與朋友於社日往遊，暢飲盡歡。這篇遊記除介紹了筆架山的景致外，還記述了作者與朋友遊山飲酒的情景。

② 石城：石州州城。石州，今山西離石。

③ 餞：設酒食送行。

④ 桃榮：桃花。

　　嘉靖己亥①四月八日，村翁結社會。時户部②進士辛丈震莊庠子省鄴③歸，偕諸友往遊。時見雉堞團清，龍津流細；紅日低烟，蒼山連海，共擬爲羲皇上人。山僧燃藿烹茶，穿罍漉酒以供。雅興尋幽，陟層巒，窮深谷，掃石坐蒲，大開觴政。始而主令④則前進士，佐令⑤則白子恒谷、楊子南田，監令⑥則張子吕梁、郭子蘆橋，而守令⑦則楊子孔峪、張子龍麓、筆架山主人也。迭爲倡和，徘徊盡歡。酒至詩成，各録於左。繼而頹然就醉，相枕而卧。意有所極，夢亦同趣。覺而起，蒼然暮色自遠而至，乃携手信步，偃仰而歸，其心猶戀戀然。

　　夫我山之有情如此，我山之有光如此，安得不爲之記！

録自《古今圖書集成》

---

　　①　嘉靖己亥：明嘉靖十八年。
　　②　户部：古代官署名，爲六部之一，掌管全國土地、户籍、賦税、財政收支等事務，長官爲户部尚書。這里指在户部任職。
　　③　鄴：今河北臨漳。
　　④　主令：主持酒令。
　　⑤　佐令：輔佐執行酒令。
　　⑥　監令：監督執行酒令。
　　⑦　守令：守護酒令。

遊卦山記①

清·趙吉士

　　交城②北境，層巒叠翠，蜿蜒幾二百里，而卦山最有名。志云："山斷續如卦然。"去郭五里，蓋交之鎮山也。交之俗，五月六日，自令長以及士女，皆擔簋携壺，以登以嬉。余莅交適逢其期，與二三君肩輿遊焉。

　　崎嶇透迤，由平而陂，約二三里，而得少憩於其所爲天寧寺者。而寺之後，危甍飛瓦，奮然躍出於山之坳者，毗羅③閣也。舍輿而步，攝衣盤旋而上者，又二里許，而頹垣古瓦，穆然平敞於山之肩者，石佛巖也。俯毗羅之閣，翠柏、遊人參差交映，盡林壑之美焉。坐石佛之巖，汾水如帶，孤城如斗，平疇遠山，如綉如畫，極眺望之遠焉。於斯時也，力已疲而興方酣，復求登夫所謂"三十三天"者。東西曲屈，足不可駐。又二三里，一峰屹立，蓋唐時所建石塔，而斯山之最高頂也。蒼然數松，於焉止息。俯伏

---

　　①　卦山：又名"萬卦山"，在山西交城北六里處，有天寧寺，爲著名遊覽勝地。清康熙年間，作者任交城縣令，到職不久，便去遊覽了卦山。遊記記述了登山眺望的情景，并抒發了樂事不再的感慨。

　　②　交城：今屬山西。

　　③　毗羅：即毗盧，毗盧舍那（或稱作毗盧遮那）的省稱，即大日如來。一説，爲法身佛的通稱。

萬山，回合一氣，惕乎以敬，悄乎以思。南望綿上^①，北顧藏山^②，右盼文谷^③，左瞻晋陽。賦龍蛇之章^④，痛下宫之難^⑤，黯然傷懷。想子夏^⑥之休風餘韵與襄子^⑦之創業艱難，低徊者久之。日色漸西，再停再下，少飲於寺之左巖，微醺而後去。樂哉！遊已夫。

　　余浪遊四方，方其自吴^⑧而楚^⑨、而齊^⑩、而燕^⑪、而秦^⑫、而

---

　　① 綿上：即綿山，在今山西介休東南四十里處。以山下有綿上之田，故稱"綿山"。相傳春秋時曾隨從晋文公重耳出亡的介子推隱居於此，晋文公放火焚山，想使他出山。介子推不出山，與其母俱被焚死，故又稱"介休山"，簡稱"介山"。

　　② 藏山：在山西盂縣北三十五里處。有文子祠，供奉"趙氏孤兒"趙武。殿後有藏孤洞，相傳春秋時程嬰藏趙氏孤兒於此，故名"藏山"。

　　③ 文谷：水名，即文峪河，又稱"文水"。發源於山西交城西關帝山東麓，流經文水、汾陽，於孝義義棠注入汾河。

　　④ 龍蛇之章：即《龍蛇歌》。春秋時晋國介子推的從者有感於介子推從亡有功而不見賞而作。一說爲介子推所作，又名《士失志操》，其歌詞爲："龍欲上天，五蛇爲輔。龍已升雲，四蛇各入其宇；一蛇獨怒，終不見處所。"見《史記·晋世家》。

　　⑤ 下宫之難：據《史記·趙世家》記載，公元前597年，即晋景公三年，屠岸賈擅自領兵於下宫（即親廟）攻打趙氏，殺趙朔等，其遺腹子趙武（即"趙氏孤兒"）爲公孫杵臼、程嬰隱藏保護。

　　⑥ 子夏：即卜商，字子夏，春秋末期晋國温（今河南温縣西南）人。孔子弟子，與子游并列文學科。孔子死後，到魏國西河講學，吴起、李悝都是他的學生，魏文侯也尊以爲師。相傳《詩》《春秋》等儒家經典是由他傳授下來的。西河，本在今河南湯陰東，三國魏時，曾在今山西汾陽設西河郡，後人故攀比附會，於此設祠。

　　⑦ 襄子：即趙無恤，春秋末年晋國大夫。智伯向韓、魏、趙索地，只有趙氏不與。智伯率韓、魏之師攻趙氏，圍困晋陽（今山西太原西南），引水灌城。趙無恤與韓、魏合謀，反滅智氏，三分其地，從而奠定了三家分晋的格局。

　　⑧ 吴：指作者家鄉安徽休寧一帶。古代爲吴國轄地。

　　⑨ 楚：指今湖北、湖南一帶。

　　⑩ 齊：指今山東淄博一帶。

　　⑪ 燕：指今河北北部與北京一帶。

　　⑫ 秦：指今陝西西安一帶。

梁①、而晋②，泛五湖③，涉大江，絕黃河，經泰岱④，越桑干而并滹沱；出井陘之口⑤，越固關⑥之險，上太行以望鞏洛⑦。凡所經歷皆名山大川、古帝王豪杰成敗戰爭之所，可喜可愕，可歌可思。兹山雖名勝，豈得與是數者同乎哉！乃往者風塵奔走，憔悴帆檣馬足之間，徒見其苦；而今於是遊，若獨有樂焉。蓋境以情移，情以事异，山水之勝，惟安以暇者得之也。雖然令煩職也，即兹土幸地僻而事省；顧方當水旱薦臻之後，流離者始復，饑者方待之以食，寒者方待之以衣，勞者方待之以息，遠徙者方待之以室家，其爲不安與不暇者多矣。且夫聚散何常，則兹山常在，而余與二三君其能數數畢是遊乎？則於今日之樂，而更不禁异日之感焉。筆而記之，所以志异日之感也。

　　時同遊者爲廣文⑧耀昆王君琇，汾陽人；丞大劉鄭君萬善，河南郟縣人；尉燦如郭君景明，陝西富平人。

录自《小方壺齋輿地叢鈔》

---

① 梁：指今河南開封一帶。
② 晋：指今山西太原一帶。
③ 五湖：指太湖流域的湖泊。
④ 泰岱：即泰山，在今山東中部。古稱東嶽，爲五嶽之一。又稱岱宗、岱山、岱嶽、泰岱。主峰玉皇頂在泰安北。
⑤ 井陘之口：井陘口，又名土門關，九塞之一。故址在今河北井陘北井陘山上。
⑥ 固關：故址在今河北井陘西南四十里處，與山西平定交界。即井陘故關。
⑦ 鞏洛：鞏、洛二古地名的并稱，指今河南洛陽一帶。
⑧ 廣文：學官，指儒學教諭。

記韓侯嶺①

清·許宗衡

　　咸豐丙辰②，余還晋過韓信嶺。嶺陡峻，左攀右附，聚而益升。百轉無同，四顧皆絶。日將落，乃躋其巔。亂峰屼嶙，瞻矚頓异，其磅礴蟠踞，障疑絶外。巍岈硍棱，盡若無垠。余讀柳子厚③《晋問》："若熊羆之咆，虎豹之噑，終古而不去。"誠足"攫秦搏齊，當者失據"，非止鑠雲破霄，跖墜飛鳥。人馬既息，暮煙四生。俄而大星嵌空，明滅靡定，人影倒攝，若在斗牛④之間。迴眸一瞬，夜氣⑤鬱蒼，浩浩茫茫。俯瞰無極，玄黄戰野⑥，渺絶古今。

---

　　①　韓侯嶺：位於今山西靈石南二十五里處，又稱韓信嶺，古名高壁嶺，爲山西南北要隘。上有韓侯廟，金代明昌年間建；廟後爲韓侯墓。韓侯，即韓信，漢代淮陰（今江蘇清江西南）人。在楚漢戰爭中，以功被劉邦封爲齊王。漢朝建立後，改封楚王，後有人告他謀反，被降爲淮陰侯。又被告與陳豨勾結，爲吕后所殺。清代咸豐六年，作者途經韓信嶺，遊覽了韓侯廟。

　　②　咸豐丙辰：清咸豐六年（1856）。

　　③　柳子厚：即柳宗元，字子厚，唐代河東解（今山西運城解州）人，世稱"柳河東"。貞元進士，歷任藍田尉、禮部員外郎、柳州刺史等職，又稱"柳柳州"。與韓愈倡導古文，并稱"韓柳"，被列入"唐宋八大家"。除散文外，又工詩，風格清峭。有《河東先生集》。

　　④　斗牛：斗，斗宿，二十八宿之一，俗稱"南斗"，共六星；牛，牛宿，二十八宿之一，玄武七宿的第二宿，有星六顆，又稱"牽牛"。

　　⑤　夜氣：夜間清凉之氣。

　　⑥　玄黄戰野：《易·坤》："龍戰於野，其血玄黄。"高亨注："二龍搏鬥於野，流血染泥土，成青黄混合之色。"這里指天地間的混沌之氣。

還顧此身，奚翅毫髮。天風吹衣，泠然欲去，不獨思九州之悠悠，俛愴然而涕下。時四月初三日也。是夜遂宿嶺上。

初四日卯刻，乃遊韓侯廟。廟爲殿三楹，爲東西廡二，前爲閣一。閣瞰絕壁，四望陡峭。殿後高冢即侯冢。相傳高祖①征陳豨②，迴兵過此，呂后③函侯首適至，帝命葬於嶺壁間。碑銘詩文皆詠其事，顧考之《史》《漢》傳紀無聞。顧景範④《方輿紀要》："高壁嶺俗名韓侯嶺，最爲險固。北與雀鼠谷接，去靈石縣⑤二十五里，後周建德五年⑥，齊師敗晉州，高阿那肱⑦退守高壁，餘衆保洛女寨。周主邕⑧向高壁，阿那肱遁走。隋仁壽⑨末，漢王諒⑩舉兵并州，楊素⑪擊之。諒遣其將趙子開擁衆十萬，柵絕徑路，屯據高

① 高祖：即漢高祖劉邦，西漢王朝的建立者，公元前 202 年至前 195 年在位。字季，沛縣（今屬江蘇）人。秦二世元年（前 209）陳勝起義，劉邦起兵響應，稱沛公。秦亡後，被封爲漢王，占有巴蜀、漢中之地。公元前 202 年擊敗項羽，建立漢朝。

② 陳豨：漢代宛句（今山東菏澤西南）人。以功封列侯，趙相周昌言其擅兵於外，恐有變。漢高祖劉邦召豨。豨稱病，起兵反，自立爲代王。漢高祖十一年（前 196），兵敗被殺。

③ 呂后：漢高祖劉邦皇后，名雉，字娥姁。曾助漢高祖殺韓信、彭越等異姓諸侯王。

④ 顧景範：即顧祖禹，字景範，明末清初江蘇無錫人。後徙居無錫城東之宛溪，人稱"宛溪先生"。所著《讀史方輿紀要》，是研究歷史地理的名著。

⑤ 靈石縣：今屬山西。

⑥ 後周建德五年：即北周武帝建德五年（576）。

⑦ 高阿那肱：南北朝北齊善無（今山西右玉南）人，武平（570—576）年間任右丞相。北周軍隊逼近晉州（今山西臨汾），阿那肱多次貽誤戰機，後投降，授大將軍，出爲隆州刺史。

⑧ 周主邕：即北周武帝宇文邕，公元 560 年至 578 年在位。

⑨ 仁壽：隋文帝年號（601—604）。

⑩ 漢王諒：即楊諒，隋文帝第五子，字德章，一名杰。開皇初年立爲漢王，出爲并州總管。文帝死後，起兵反，被楊素擊敗。

⑪ 楊素：隋代弘農華陰（今屬陝西）人，字處道。北周武帝時任司城大夫職，從隋文帝滅陳，以功封越國公。後任尚書左僕射，執掌朝政。後擁立煬帝，封楚國公，官至司徒。

壁。即其處也。"又讀《通典》[1]："汾州靈石縣東南有高壁嶺、雀鼠谷、汾水關，皆險固之處。"不聞曰韓信嶺也。

　　余欲爲詩書於廟，匆匆行，未果。既宿霍州邸中，乃就籌燈記之。

録自《玉井山館文略》

---

① 《通典》：唐代杜佑撰，二百卷。記載歷代典章制度的沿革，上起傳說中的堯舜，下迄唐肅宗、代宗時，分爲食貨、選舉、職官、禮、樂、兵刑、州郡、邊防八門。

霍山記①

明·喬　宇

　　孟夏至趙城②，覽周穆王③封造父④之地，以趨中鎮。時適雨霽，由峪口入，十五里至鎮下。其形勢可伯仲於諸嶽，冢秀而崒，翼拱而墮。廟在山麓，遂行謁。其中鎮之神像，冕旒⑤紳笏⑥，南面而中臨。才參政⑦汝栗、來僉事⑧伯韶陪而在焉。余謂二君曰：

---

　　①　霍山：位於今山西霍州東南三十里處，主峰老爺頂海拔 2348 米。山上松柏茂密，濃蔭蔽日，爲避暑勝地。《尚書·禹貢》稱霍山爲"太嶽"。《風俗通》稱霍山，言"萬物霍然大也"，山由此得名。是古冀州的鎮山（一地區的主山），又稱爲"中鎮"。明代正德十六年（1521），明武宗去世，世宗即位，喬宇奉命祭告名山大川。這篇文章便記述了他祭告中鎮霍山的情形。

　　②　趙城：今屬山西洪洞。

　　③　周穆王：西周國君，姬姓，名滿，昭王之子。曾西擊犬戎，東攻徐戎，并在涂山（今安徽懷遠東南）會合諸侯。相傳曾周遊天下，《穆天子傳》即寫他西遊的故事。

　　④　造父：古代的善御者，爲周穆王所寵幸。周穆王使造父御車，西遊巡狩。徐偃王反，周穆王日馳千里馬，攻破之。於是以趙城賜造父，由此爲趙氏。

　　⑤　冕旒：古代大夫以上的禮冠。頂有綖，前有旒，故稱"冕旒"。

　　⑥　紳笏：紳帶和笏板。紳，古代士大夫束於腰間、一頭下垂的大帶。笏，古代臣朝見君時所執的狹長板子，用玉石、象牙或竹木制成，也叫手板。

　　⑦　參政：官名，明代於布政使下置左右參政，爲副貳之官。

　　⑧　僉事：官名，明代都督、都指揮、按察、宣慰、宣撫諸司，皆置僉事。

“先祖侍郎①於景泰元年②，以吏科給事中③分告即位於此，越今將六十年，予又叨④承前役。”二君皆嘆曰：“奇哉，祖孫之相輝也。”及遍觀歷代祭告⑤碑，而府君⑥之碑乃僕裂於地，余泫然。二君曰：“向有司具石以鎸，今告文者尚幸有副在，公無悲也。”廟外皆本山分脉，合抱以繞。其前有古松數株，高數丈，槎枒詭怪，如青幢鐵幹，枝皆東向。

十四日，二君請遊興唐寺。寺在廟南之山趾，唐太宗始建，斷碑猶存，依山帶壑，特勝他處。歸復宿於齋居⑦。

十五日黎明，服玄衣⑧祭冠⑨，肅拜⑩於殿下，以天子命告訖，篆今告文於石，又篆前僕碑於副石。

余欲登其巔，去廟尚有三十餘里，棘莽羅密，且爲熊吼蛇挂之區，畏不敢登。因嘆：“古書云：‘西方之美者，有霍山之多珠玉焉⑪。’今亦不知其處所矣。”

録自《山西通志》

---

① 侍郎：官名，明代與尚書同爲各部的堂官，正二品。

② 景泰元年：公元 1450 年。

③ 給事中：官名，明代於吏、戶、禮、兵、刑、工六科，各設都給事中一人、左右給事中各一人、給事中若干人，職掌抄發章疏，稽查違誤。

④ 叨：意同“忝”，表示承受，用作謙詞。

⑤ 祭告：古代朝廷有事，祭神而告之。

⑥ 府君：古代對已故者的敬稱。

⑦ 齋居：供祭祀前齋戒用的房屋。

⑧ 玄衣：古代祭祀時穿的一種赤黑色的禮服。

⑨ 祭冠：古代祭祀時所戴的禮冠。

⑩ 肅拜：古代九拜之一。據《朱子語類》所言，兩膝齊跪，手至地而頭不下爲肅拜。

⑪ “西方之美者……”句：出自《爾雅·釋地》。

孟門山①

北魏·酈道元

　　河水南徑北屈縣故城②西，西四十里有風山③。風山西四十里，河南孟門山，與龍門山④相對。《山海經》⑤曰："孟門之山，其上多金玉，其下多黃堊⑥、涅石⑦。"《淮南子》⑧曰："龍門未辟，呂梁未鑿，河出孟門之上，大溢逆流，無有丘陵⑨，名曰'洪水'。

----

　　①　孟門山：位於山西吉縣與陝西宜川之間，綿亙於黃河兩岸。又名壺口山。本文描繪了黃河兩岸孟門山的險峻，再現了黃河流經孟門山時汹涌咆哮、驚心動魄的氣勢。

　　②　北屈縣故城：位於今山西吉縣東北。

　　③　風山：位於今山西吉縣西北。

　　④　龍門山：位於山西河津與陝西韓城之間，分跨黃河兩岸，峭壁對峙，形如門闕，故名。一說，即呂梁山。

　　⑤　《山海經》：古代地理著作，約撰於戰國和西漢初，內容多爲民間傳說中的地理知識，包括山川道里、民族人種、物産藥品、祭祀巫醫等，保存有大量神話傳說。

　　⑥　黃堊：黃泥土，可作黃色染料。

　　⑦　涅石：矾石，可作黑色染料。

　　⑧　《淮南子》：古代雜家著作，西漢淮南王劉安及其門客所著，其中包括許多自然科學史材料。

　　⑨　丘陵：丘，指小土山；陵，指大土山。

大禹疏通，謂之‘孟門’。”故《穆天子傳》① 曰："北發孟門九河②之磴③。"孟門即龍門之上口也。實爲河之巨阨④，兼孟門津之名矣。

此石經始⑤禹鑿，河中漱⑥廣，夾岸崇深，傾崖返捍，巨石臨危，若墜復倚。古之人有言："水非石鑿，而能入石。"信哉！其中水流交沖，素氣雲浮，往來遙觀者，常若霧露沾人，窺深悸魄。其水尚崩浪⑦萬尋⑧，懸流千丈。渾洪贔怒⑨，鼓若山騰，浚波頹疊，迄於下口。方知《慎子》⑩ "下龍門，流浮竹，非駟馬之追也"。

錄自《水經注·河水》

---

　　① 《穆天子傳》：先秦古書，晉代發現於戰國魏襄王墓中，作者不詳，大部分記述周穆王駕八駿西遊的故事。
　　② 九河：據《尚書·禹貢》記載，黃河流至河北平原中部後"又北播爲九河"。《爾雅·釋水》説是徒駭、太史、馬頰、覆釜、胡蘇、簡、絜、鈎盤、鬲津九條河。後泛指黃河。
　　③ 磴：山路的石階。此指河之斜坡。
　　④ 阨：指兩邊高峻中間狹窄的地形。這里指峽谷。
　　⑤ 經始：開始營建。
　　⑥ 漱：指水流冲刷剝蝕。
　　⑦ 崩浪：波浪洶涌，如山崖崩塌。
　　⑧ 尋：古代長度單位，八尺爲尋。
　　⑨ 贔怒：暴怒。
　　⑩ 《慎子》：戰國時人慎到所著，大部已失傳。

西山經行記①

元·王 惲

　　至元乙亥②秋七月，被藩府檄，偕來侔盧君採文石③於晋。丙申④，如襄陵董治厥事，館許氏東堂。八月庚子⑤，次西梁。質明，致祭黄崖山下，遂命工即役。借榻普照僧舍，凡再宿，有以義成石爲言者。

　　壬寅⑥，馬北首山行入臨汾界，過侯氏、四水等谷，逾山尾得王莊峪。峪口敞豁夷衍，北連白陵岩脚。既夕，宿龍子祠南晋掌里。

　　癸卯⑦，下井峪，渡麻栅澗，自獅子鼻登山，越石門，是爲姑射峪。西山諸峪，凡十有九處，姑射、王莊實爲之要，蓋南達吉鄉⑧，北走紫川道也。前臨涺岸，觀陰定關，關形峽束，若石門

---

　　① 《西山經行記》：西山，指今山西臨汾西山，爲吕梁山的支脈。經行，行程中經過。元至元十二年（1257），作者奉命赴襄陵（今屬山西襄汾）採集文石，在西山一帶進行了尋訪，本文即記述了沿途見聞。

　　② 至元乙亥：即至元十二年。至元，元世祖忽必烈年號。

　　③ 文石：紋理色彩美觀的石頭。

　　④ 丙申：七月廿七日。

　　⑤ 庚子：八月初二日。

　　⑥ 壬寅：八月初四日。

　　⑦ 癸卯：八月初五日。

　　⑧ 吉鄉：今山西吉縣。

然，僅通人過。想夫秋潦，澮汾①群壑來注，掀騰勃怒，萬馬東駛，遭阨茲口，激而爲飛流，銀濤雪浪，百丈湍瀉，亦壯觀也。躡澗西騖，歷馬蹄纏，山雨奄至，且作且止。指望仙臺，眺玉女樓，望生馬、壇頂諸峰，烟霏翠溼，空濛無際。蹊磴縈紆，盤十有八折，抵神居洞下。洞腹寬肆，窾穿巉巖，仰視欲墜。後有竅透邃，山之噫氣穴也。遂解衣盤礴，憩洞閣上。尋復開霽，山紅澗碧，景氣爛漫。凉風吹面，自遠而至，煩襟脩然，如夢仙府，雖遇四子②於汾水之陽，不足以喻其樂也。因留題壁間，且辨其誕。少焉，遊太一洞，觀陰鰧玉柱，蓋石鐘乳也。稍西，逾馬鞍嶺，上弱羊坂。坂長約七八里，極峻折，艱於登陟，馬力不能勝。抵暮，宿西陶謝氏林屋。

甲辰③，由鄭峪入義成，分循澗槽西行。徑險狹，草木蒙茂，步履錯迕。過水礓，折而東北上碻嶺，視石之所在。石陛砌覆壓，隱山之半腹，玄質白章；又有絳其色，若雲然者，尤秀澗奇特。降橫岡，石溜間得枯栝一株，矯如龍騰，奇崛可愛。於是按行澗道，眎輦運所經。稍東，入深峽亂澗水，峽形曲折，中藏堂皇。其根足沙水齧蝕，似口似圈似窪呀焉，而頤張突焉，而角出者，不可殫記。兩崖峻削，嶄嶄壁立，高入雲表。大石阜如，齟齬左右，勢莘礧，殆不能騎。造愈深，而峽愈奇。又東行十餘里，巔崖橫截，水潨瀉石瓮中，鏘然如環佩鳴兩山間，峻絕不可越矣。遂自南脚嶺攀援北上，峰回路轉，行可六七里，抵宿東陶家山。

乙巳④，復自羊坂東降，取姑射北道，過龍堂澗、望仙門，謁

① 澮汾：澮，澮水，發源於山西翼城東，西經曲沃、侯馬注入汾河。汾，汾水，發源於山西寧武管涔山，南流至河津西注入黃河。

② 四子：指古代四位隱士：王倪、齧缺、被衣、許由。《莊子·逍遙遊》："堯治天下之民，平海內之政，往見四子藐姑射之山，汾水之陽，窅然喪其天下焉。"窅然，悵然。

③ 甲辰：八月初六日。

④ 乙巳：八月初七日。

王母洞。道人致酒山閣，以軟脚例飲余，浮大白者三。世傳北山中復有玉蓮古洞，下與此穴暗相通連。旁有水泉，曰"漉錢"，名者事涉誕怪，不復紀。遂由側嶺、白石溜下參峪，抵西段里，午飯郭氏田舍，日昃還府。

吁！天壤間山水佳處，唯幽人勝士得徜徉其間，與顥氣①、造物俱遊而共樂。不圖官守急邊中而獲茲遊，雖不能窮幽極勝，弄雲烟而狎魚鳥，亦非常之舉也。歸筆所睹以志，且見夫因事機攄煩滯而不爲徒然也。

録自《秋澗集》

---

① 顥氣：彌漫天地之氣。

姑射山遊記①

明·喬 宇

　　孟夏②十八日，早發堯廟③。才、來二君曰：“姑射之山，莊周所謂有神人居之者。其下有龍祠，亦勝，可往觀焉。”按志云：“三磴山，在襄陵縣西南一十五里。其山九十餘里，其形三磴，其北有龍門峪，內有龍澍神祠。姑射自西北蜿蜒而來，平其支，石孔其陽，三磴其鈎帶，故曰‘姑射’耳。”

　　飛駕至祠下。祠面東，巍宮謐奧，塗丹飾堊，其像冕旒而處者，曰“龍王”。有泉自山下東流，經祠南，跨建水亭，其規制塏爽宏麗。水氣林光，明風艷日，皆納而有。二君觴於亭上，臨風賦詩。復移席山半，即發源所。泉抱山麓而出，紛紛的的，如星拱然。予命僕夫穴蓋一石，聚石而計，有百十餘穴。流珠噴玉，皓然清瑩，并歸有渠，溉襄陵西北之田四十餘里，而東入於汾河。予與二君依山盤踞而坐，東望遙川廣原，陀陀遂遂，林樹如纂繡綴錦，貞脆相雜。

---

　　① 《姑射山遊記》：姑射山，位於今山西臨汾西，即古代的石孔山。明代正德十六年，明世宗即位，作者奉命赴各地祭告名山大川，途經臨汾，遊覽了姑射山。

　　② 孟夏：夏季的第一個月，即農曆四月。

　　③ 堯廟：位於今山西臨汾南十里。

徘徊談笑，薄暮以歸，宿於襄陵之察院①。泉流潺潺，聲於榻下；且木竹之盛，宛如江南。煎茗賦詩，一夜幾不能寢。

録自《古今圖書集成》

---

① 察院：明代稱御史臺爲都察院，簡稱察院。御史出差在外，其駐節的衙署也稱爲察院。

中條山居記①

唐·司空圖

　　中條蹴蒲津②，東顧虞鄉③才百里，亦猶人之秀髮，必見於眉宇之間，故五峰④頹然爲其冠珥。是溪⑤蔚然，涵其濃陰之氣，左右函洛，乃滌煩清賞之境。

　　會昌⑥中，詔毀佛宮，因爲我有。谷之名，本以王官廢壘在其側，今司空氏易之爲"禎陵"，溪亦曰"禎貽"云。愚以家世儲善之佑集於厥躬，乃刻像大悲，跂新構於西北隅。其亭曰"證因"⑦；"證因"之右，其亭曰"擬綸"⑧，志其所著也；"擬綸"之左，其亭曰"修史"，勖其所職也；西南之亭曰"濯纓"⑨；"濯纓"之

---

　　①　《中條山居記》：中條，中條山，在今山西西南部，西南起永濟，東北跨運城、芮城、平陸、夏縣、聞喜、垣曲等地，主峰雪花山在永濟東南。因在華山和太行山中間，故稱"中條山"。山居，山中的住所。唐代末年，作者退隱歸居王官谷別墅。本文即是作者對別墅的描述。

　　②　蒲津：蒲坂津，黃河古渡口，以東岸在蒲坂（今山西永濟蒲州）得名。

　　③　虞鄉：今屬山西永濟。

　　④　五峰：指中條山脈上的五座山峰。

　　⑤　是溪：指王官谷。

　　⑥　會昌：唐武宗年號（841—846）。

　　⑦　證因：證知、參悟因果。

　　⑧　擬綸：草擬帝王的詔書旨意。

　　⑨　濯纓：洗濯冠纓。《孟子·離婁上》："滄浪之水清兮，可以濯我纓。"後比喻超脫世俗，操守高潔。

窗，曰"一鳴"①，皆有所警。堂曰"三詔之堂"，室曰"九龠②之室"。墉其壁以模玉川，於其間備列國朝至行清節文學英特之士，庶存聳激耳。其上方之亭，曰"覽照"③；懸瀑之亭，曰"瑩心④"，皆歸於釋氏，以栖其徒。

愚雖不佞，猶幸處於鄉里。不侵不侮，處於山林，物無夭伐，亦足少庇子孫。且詎知他日復睹晬容、訪陳迹者非今兹誓願之證哉！

久於斯石，庶幾不昧。

唐光啓三年⑤丁未歲記。

録自《司空表聖文集》

---

①　一鳴：平時默默無聞，突然間就有驚人的表現。語出《史記·滑稽列傳》："此鳥不飛則已，一飛冲天；不鳴則已，一鳴驚人。"

②　九龠：道家藏經卷的器具。

③　覽照：明察，比照。

④　瑩心：使心地純净。晋左思《招隱詩》之二："前有寒泉井，聊可瑩心神。"

⑤　光啓三年：公元887年。光啓，唐僖宗李儇年號。

王官谷題名①

宋·黄　通

　　王官谷者，乃唐兵部侍郎司空圖之舊隱也。人亡迹在，松韵水聲，雲光野色，環照旌旆。太尉②吳公，雅有山水興，觀之徘徊。乃屏牙仗，扶筇曳屐③，登休休亭④，望瀑布泉。思其人，愛其景，嘆嗟而不忍去者久之，故作詩以見其志。

録自《古今圖書集成》

---

　　① 《王官谷題名》：題名，指遊覽名勝後爲紀念而題記姓名，以及有關的簡短説明。這一篇是作者陪同太尉吳公遊覽王官谷後，於題名後附的簡短説明。

　　② 太尉：官名。秦漢時爲全國軍政首腦，與丞相、御史大夫或司徒、司空并稱"三公"。後代沿置，漸變爲加官，無實權。至宋徽宗時，定爲武官官階的最高一級，一般常用作對武官的尊稱。

　　③ 屐：木制的鞋，底一般有二齒，便於行走於泥地。南朝宋詩人謝靈運遊山時常穿一種登山屐，上山則去其前齒，下山則去其後齒，以便於行走。

　　④ 休休亭：唐代司空圖在王官谷爲自己所建濯纓亭取的別名，意思是説自己量才、揣分，已年老昏聵，應該退休。

遊王官谷記^①

元·王 惲

山之與水，相胥而後勝。山非水則石悴而雲枯，水非山則勢夷而氣泊。二者雖具，得其人而後名。中條山王官谷，其萃美之尤者也。山閫首河曲^②，連亘比鷥，爲雷首，爲栖巖，爲萬固；運肘而東，爲五老，又東而得王官谷。谷漢故壘名，有唐司空表聖^③之別業，至今遺像、休休亭在焉。

至元甲戌^④，夏六月，予以檢括民田澮溝。已而，奔命珣瑕^⑤，取道於虞。王官諸峰，指顧東邁。後八日，因恙小休。暑雨向霽，遐想風煙，情逸雲上，遂幡然來遊。

始自固氏西南行，約四五里抵山門。歷磴平進，無顛頓推挽之勢，不百許步，已入山堂隩中矣。其繚而曲，深而容。垂條灌木，盤石美蔭，草香而土肥。環峰叠嶂，碧壺瑤瓮，濃淡覆露。內曠而

---

① 《遊王官谷記》：元代至元十一年，作者因公務至蒲州，就便遊覽了王官谷。

② 河曲：今山西芮城風陵渡一帶。黃河由北向南，至此折向東流，故稱"河曲"。

③ 司空表聖：司空圖，字表聖，唐河中（今山西永濟）人。曾任禮部郎中、中書舍人，後隱居王官谷，自號知非子、耐辱居士。有《司空表聖文集》《司空表聖詩集》。其《詩品》對後人頗有影響。

④ 至元甲戌：元世祖至元十一年（1274）。

⑤ 珣瑕：即郇瑕，今山西運城解州。

外掩，無擁遏怫鬱之氣。蓋谷田中高，狀作層陛，勢相覆壓，耐辱所謂"上下方"者是也。

東西兩山，曰"壺門""夕陽"。青壁矗立，卓絕如削。中峰曰"天柱"，秀拔特起，如鼇①鼻噓空，高齾雲表，不與衆峰聯絡，真觀之奇也。峰半有石突然，曰"落鶴臺"；又西有石拱立，曰"雙人"。左右斷崖，水作瀑流下瀉，如仙人解佩，天紳未收。西則泉脉出縮，以乾溢爲度。東則飛灑噴薄，陰壑恒雨，砰崖激石，下注幽碉，是謂"貽溪"者是也。山藉以潤，人仰以清，物滋以榮也。

王子於是斂衽薦茗，謁司空祠下，退觀休亭諸詩，既高公之名節，且詫谷之深秀也。青鞋竹杖，扶掖上征，抵天柱峰足，望東巖瀑布，礛礴三詔亭上，因留宿焉。時月出山豁，萬籟沈寂，凉露洗空，失暑所在，青嶂瑶光，非復塵世。其東溪水聲，如遠鼓潎潎，隱動林壑。顧謂兒子孺曰："此山靈張樂，喜其來而作予氣也。"深夜久聞，毛髮森豎。

山人②李珏出司空《一鳴集》相與，披讀於露幌風簷之際，顧瞻林影，如見須眉。乃酌水再酹，乞靈於公。詠休休之歌，思考槃③之樂，安得黃金買堪乘之鶴，追仙遊於寥廓也耶！不然，搖江山之筆④，吸撐霆⑤之氣，貯濯詩脾，以增益其未至，庶幾列王駕⑥、李生之次，亦所願也。

---

① 鼇：傳說中海裡的大龜或大鱉。

② 山人：隱居在山中的士人。

③ 考槃：《詩經·衛風·考槃》，序言此詩刺莊公"不能繼先公之業，使賢者退而窮處"，後即以之比喻隱居。

④ 江山之筆：指獲得壯麗的自然環境的激發啓迪，從而形成的文思詩興。

⑤ 撐霆：形容聲氣驚人。司空圖《與王駕評詩》："吾適又自編《一鳴集》，且云撐霆裂月，劫作者之肝脾，亦當吾言之無怍也。"

⑥ 王駕：唐河中人，字大用，官至禮部員外郎。自稱守素先生，與司空圖爲詩友。

日既昃，徘徊久之，出山。林霏烟翠，漠然四合，回望谷口，無復所見。

庚伏①中旬後三日，共溪雲隱記。

錄自《秋澗集》

---

① 庚伏：三伏，因初、中、末伏均自庚日開始，故稱"庚伏"。

遊王官谷記①

明·呂　柟

　　王官谷，唐司空表聖隱居之地。前少參②許君德徵所重修，今臨晋③君丁君仲本增飾之，招道流以居守者也。往時諸友多言其勝，涇野子至解④之再月，偕丘孟學往遊焉。

　　馬至故市，西折而南。谷水北流入市，即貽溪。沿溪南行，五里，至谷口。路多巉巖，石礙馬，赤棘夾路，挂裳衣，躑躅至先門，伏馬而過。道流引登高致門，門下砌石百級，夾挾之而後能上，見危閣焉。北過休休亭，拜表聖畢，則日已暮。乃北過了了亭，飯於聚仙堂。

　　有侯沂、段緩兩生讀書於白雲洞中。白雲洞者，元孤雲子李了了庵所居，以學休休者也。臨石泉橋，望天柱峰，見群山四周，孫子環拱；而此峰孤高插天，與故市街所望益不同，蓋其峰南之崇山又遠也。渡橋，夜與孟學連榻於石泉洞中。洞在天柱峰根，其前有清流自東瀑布泉引來，而西爲小池，欄杆護焉。寢洞，談今

---

　　① 《遊王官谷記》：明代正德（1506—1521）年間，作者任職解州，剛到任，即與朋友一道遊覽了王官谷。

　　② 少參：古代官名，明代在各布政使下設置參政、參議，當時稱參政爲大參，參議爲少參。

　　③ 臨晋：今屬山西臨猗。

　　④ 解：解州，今屬山西運城。

古，論經籍，久而後能寢。

晨興，瞻表聖像，飄然有出塵態。讀《休休記》，其抱經濟才，與時不合而隱，甚可痛惜；但末題"耐辱居士"，則又病其隘也。壁間多宋元人詩，皆有思致，徘徊遲久。道流引登西山，觀秦王硯。硯大如碾盤，無口，下如尖底碾，表聖《山中記》已有此名。自硯傍不由故徑，懸下蒼崖，觀雙人石。石在天柱峰中，西北倚峰而立，有圓石二枚，恍如人面，狀又似北望秦王硯而欲濡毫者也。或曰在天柱峰東者爲真云。

道流又欲西觀藏雪洞，北至蘆葦泉，言洞常出雲而泉更甘洌，爲曹仙姑地。乃未往，直趨挂鶴臺。瀑布自天柱直下，而臺在其左傍。鶴二月來，五月生子去，有懸草眠迹焉。臺東同孟學四人各據一石而坐，北瞰天柱，益突兀，有"四瞻雲日俱無影，止有一峰高接天"之句。欲東升以觀東瀑布，道流難之；又欲南進以睇黃河，道流又難之。乃嘆曰："天下奇觀，豈可盡哉！"遂北反，坐聚仙堂而飯，時已辰巳①間。

飯已，東遊猪耳山。東南至瀑布，登懸崖以觀之。聲如雷轟，貌如雪舞。瞻眺更久，乃下崖傍流而行。北至柿林，臨流遍坐磯上，孟學坐一孤嶼。有僧在樹頭摘柿，而落紅滿地，吟興具發。孟學得二絕一律，予得六絕，兩生皆有一二絕。

僕人自故市沽酒者至，道流葅以鮮蕨、秋英，乃滌卮澗中而傳酌，蓋不羨古流觴②也。遂北至觀泉亭，則東西瀑布合流之地，即表聖之濯纓地也。徙倚移時，詩成而還。問"修史""覽照""瑩心""九籥""擬論"諸亭及"一鳴"窗，道流皆曰："忘之矣。"

---

① 辰巳：辰時，上午七時到九時；巳時，上午九時到十一時。

② 流觴：又叫"流觴曲水"。古代習俗，每逢夏曆三月上旬的巳日（三國魏以後定爲夏曆三月初三），人們在水邊相聚飲酒，認爲可被除不祥。後人仿效這一習俗，在回環曲折的水流邊設宴，將酒杯放置在上游，讓其順流而下，停在誰面前，誰就取杯飲酒。

乃謂孟學曰："柟常薄唐詩人若表聖者，豈可以詩人目？柟舊過聞喜，以塵事問德徵，時已休矣。今見其所舉，予見笑於德徵者多哉！"遂歸聚仙堂，取宋御史壁間詩韵，與孟學賡和之後寢。

又明日，自石泉洞南登。路如蚯蚓，柏檜交錯，難進。乃以手附道流背，一皂又以繩引道流手而後上。至秦無隅塔前，北望不見峨嵋坡。是日微陰，蓋予已出雲霧之上矣。盤曲再登，至李孤雲塔。孟學嘆曰："世之廉夫清士不用於時，避世而至此邪，則豈非時輔之失哉！"予笑而未諾。又束繞而上，至八仙洞。洞已到天柱峰腰，洞口俯瞰，乃謂孟學曰："彼李孤雲者，風斯下矣。"出洞，欲直上天柱之頂。道流皆謂路不可行，扯予衣帶脫然。予努力勇往，幾至其頂。俯瞰八仙洞，又渺乎其下，當其飄然之意，蓋又非此流所能語也。又嘆曰："不知當時表聖之足履，德徵之攀緣，曾至此否乎！"孟學曰："可記之以諗表聖與德徵。"於是仲本聞之，使段生三取而勒諸石。

録自《涇野集》

遊龍門記①

明·薛　瑄

　　出河津縣②西郭門，西北三十里，抵龍門下。東西皆層巒危峰，橫出天漢。大河自西北山峽中來，至是，山斷河出，兩壁儼立相望。神禹疏鑿之勞③，於此爲大。

　　由東南麓穴巖構木，浮虛架水爲棧道，盤曲而上。瀕河有寬平地，可二三畝，多石少土。中有禹廟，宮曰"明德"，制極宏麗。進謁庭下，悚肅恩德者久之。庭多青松奇木，根負土石，突走連結；枝葉疏密交蔭，皮干蒼勁偃蹇；形狀毅然，若壯夫離立，相持不相下。宮門西南，一石峰危出半流。步石磴，登絕頂。頂有臨思閣，以風高不可木，甃甓爲之。倚閣門俯視，大河奔湍。三面臨激，石峰疑若搖振。北顧巨峽，丹崖翠壁，生雲走霧，開闔晦明，倏忽萬變。西則連山宛宛而去；東視大山，巍然與天浮。南望洪濤漫流，石洲沙渚，高原缺岸，烟村霧樹，風帆浪舸，渺然出沒；

----

　　①　龍門：龍門山，在今山西河津與陝西韓城之間，跨黃河兩岸，峭壁對峙，形如門闕，巨濤奔流，氣勢雄壯。《後漢書·李膺傳》注引辛氏《三秦記》："河津，一名'龍門'，水險不通，魚鱉之屬莫能上，上則爲龍。"明代宣德元年夏天，作者遊覽龍門，寫下了這篇遊記。

　　②　河津縣：今屬山西。

　　③　神禹疏鑿之勞：據說大禹治水時曾到龍門，《尚書·禹貢》："導河積石，至於龍門。"《拾遺集》："禹鑿龍關之山，亦謂之龍門。"

太華，潼關①，雍②、豫③諸山，仿佛見之，蓋天下之奇觀也。

下磴，道石峰東，穿石崖，横竪施木，憑空爲樓，樓心穴板，上置井床轆轤，懸繘汲河。憑欄檻，涼風飄灑。若列御寇④馭氣在空中立也。復自水樓北道，出宫後百餘步，至右谷，下視窈然。東距山，西臨河，谷南北涯相去尋尺⑤，上横老槎爲橋，踔步以渡。谷北二百步，有小祠，扁曰“后土”⑥。北山陡起，下與河際，遂窮祠東。有石龕窿然若大屋，懸石參差，若人形，若鳥翼，若獸吻，若肝肺，若疣贅，若懸鼎，若編磬⑦，若璞未鑿，若礦未爐，其狀莫窮。懸泉滴石上，鏘然有聲。龕下石縱横羅列，偃者，側者，立者；若床，若幾，若屏；可席，可憑，可倚。氣陰陰，雖甚暑，不知煩燠；但凄神寒肌，不可久處。復自槎橋道由明德宫左，歷石梯上。東南山腹有道院，地勢與臨思閣相高下，亦可以眺河之勝。遂自石梯下棧道，臨流觀渡⑧，并東山而歸。

時宣德元年⑨丙午，夏五月二十五日。同遊者，楊景瑞也。

録自《薛文清集》

---

① 潼關：在今陝西潼關縣，爲關中門户。

② 雍：古代九州之一，相當今山西、陝西間黄河以西的部分地區。

③ 豫：古代九州之一，相當今河南省黄河以南的部分地區。

④ 列御寇：即列子，戰國時鄭人，相傳他曾向風仙學習法術，得道後能“御風而行”。

⑤ 尋尺：古代長度單位，一尋有八尺、七尺、六尺幾種説法。尋尺，這里指距離很近。

⑥ 后土：土地神。

⑦ 編磬：古代石制打擊樂器，最多有十六枚，依律吕編組懸挂於架上，所以稱爲“編”。

⑧ 渡：指禹門渡，古稱龍門關。

⑨ 宣德元年：公元 1426 年。宣德，明宣宗朱瞻基年號。

龍門山記①

明·喬　宇

予少讀《禹書》②，至於“導河自積石，歷龍門”，未嘗不渺然想遊其地。今幸奉命傳祀於西，及將往行禮於商湯王③廟下，適河津，去龍門止三十里；且有才、來二君偕，遂出河津西門。

是時陰雲四翳，風顛木號，而興以勃發。奈路沾雨，由石棧④進。謁神禹王廟，遍覽壁間圖畫。東西壁皆次第治水隨刊之迹，每段標以經語，怪怪奇奇於所見。圖畫變化雄妙者，莫逾於此。東有圖，其標曰“雪竇飛泉。堯郡⑤席天章筆”。西有圖，其標曰“烟凝古柏。晋溪⑥素庵筆”。後屏有圖二，其標曰“揭石尋珠”“涌露出波”。前楣有圖，其標曰“春江晚渡。雪軒誠意筆”。想皆宋元名公，因題名於柱。

---

①　《龍門山記》：明代正德十六年（1521），明武宗去世，世宗即位，作者奉命祭告各地的先王陵廟、名山大川。這篇文章便記述了他途中遊覽龍門山的所見所聞。

②　《禹書》：指《尚書·禹貢》。

③　商湯王：商朝的建立者，又稱爲武湯、武王、天乙、成湯，或稱成唐，又稱高祖乙。原爲商族領袖，任用伊尹執政，逐漸壯大。經過十一次出征，成爲當時强國。後一舉滅夏，建立商朝。

④　石棧：在山間鑿石架木修成的通道。

⑤　堯郡：今山西臨汾。該地東北有堯陵，南有堯廟，故稱“堯郡”。

⑥　晋溪：指今山西太原。晋水發源於該地西南懸瓮山下，故稱“晋溪”。

二君設酒於飛丹亭。下瞰黃河自西北而來，驚濤駭波，騰驤而下。輪風驟雨，相挾而作，勢益洶湧，蒼崖青嶂爲之響振。二君復舉酒。酒半樂甚，爰命榜人舉罾河濱，得三魚。乃復烹魚，歡然對酌，聯句①至夜分乃寢。

厥明，乃復登看鶴樓，以眺遠近河山。俯視洪流，陡絕百仞，凜然有垂堂之戒②。河之西，是爲陝西韓城之境。其山亦自北而來，亦號“龍門”，與東岸之山相照而斷。《三秦記》③云：“龍門外懸泉，而兩旁有山，水陸不通，魚鱉莫上。”今觀之，誠若此。

復覽陁岸而東，卉木繁密，得懸石，峙若有待。予乃大篆“龍門”二字，筆二詩已，又賦《禹門渡》一章。

録自《山西通志》

---

① 聯句：作詩的一種方式。兩人以上各成一句或幾句，合成一篇。

② 垂堂之戒：處於堂屋房檐下，如檐瓦墜落便有可能受傷，用以比喻對危險境地的戒懼和警惕。

③ 《三秦記》：古代地理書，辛氏著，已失傳。内容主要是秦漢時山川都邑宮室的地理故事，六朝以來的地理書、類書多有引用。今有清代王謨輯本。三秦，秦亡以後，項羽三分關中，封秦降將章邯爲雍王，司馬欣爲塞王，董翳爲翟王，合稱“三秦”。後指今陝西一帶。

龍門山記①

明·呂 柟

　　龍門在秦晋之間，萬山之會，禹治水極力之地，形勢甲宇内，久懷遊覽而未獲。内濱子曰："天下之美，不努力一至，即惰遠不可補；況此禹迹所在乎！"他日谷泉子西巡，亦猶是興也。

　　乃四月之初，實齋王子仙自安邑②至。明日，河津谷泉子自萬泉③至。又明日，柟自解州猗氏④至，又内濱子自運城⑤至。是日雨甚，諸公曰："如來日霽，天貺佳期矣。"來日果霽，於是道過辛封，謁卜子夏⑥祠。召其世嫡，遣就運學教授，而改其名"紹⑦"云。北至清澗，風大作。從者曰："俗傳食豕肉詣禹廟，必風。"予未諾，然以懍寒入福聖寺加衣。風滋甚，冲風往神前村。至山麓，乃緣棧道步屧而升。既謁禹像，風益焚輪起，撼松柏，騰沙

---

　　① 《龍門山記》：明代正德年間，作者任職解州，與幾位朋友一道遊覽了龍門山。

　　② 安邑：今屬山西運城。

　　③ 萬泉：今屬山西萬榮。

　　④ 猗氏：今屬山西臨猗。

　　⑤ 運城：今屬山西。

　　⑥ 卜子夏：春秋末晋國温（今河南温縣西南）人。一説衛國人，名商，孔子的學生。相傳《詩》《春秋》等儒家經典是由他傳授下來的。

　　⑦ 紹：承繼。

礫，上部天日，下掩河汾，若蛟鳴虎嘯，若禹役使群怪持雷斧①、秉神斤②以辟龍門時也。然實齋席設無豕肉。既升殿，從者置携尊神幾。内濱子曰：“禹惡旨酒，可避之。”谷泉子笑曰：“禹所惡者，旨酒也。此酒恐不足以當禹惡。”酒行移時，食且舉，風息。食有饅頭钉③，其餡者豕，又不風，不知俗傳者何也。土人曰：“此地日有潮風④。”蓋大河流兩山中，嵐氣薄觸空洞，即颮颯無所於散。此或其真云。

食既，遊觀四壁，金碧丹青十三雕樹。蓋自六籍⑤子史⑥言禹事者，無不開方絢織；且筆精意遠，非時工可到。殿記在元貞⑦年間，壁圖必當其時。關中⑧人稱岐山⑨周公⑩廟畫，殆不過是也。既乃北謁後寢。見涂山氏⑪像，止二嬪侍側而冠裳樸質，猶可想見古風⑫。

出廟西南，乃押蘿緣磴以上望河樓，即谷泉子所改“吞吐雲雷樓”也。樓在龍門左閫之上，蓋梁山中斷而東峙者也。其前懸

---

① 雷斧：傳説中雷神用來發霹靂的器具，形狀如斧，故名。
② 斤：斧頭。
③ 饅頭钉：古代饅頭一般有餡。
④ 潮風：像潮水一樣定時刮起的風。
⑤ 六籍：即六經，六部儒家經典：《詩經》《尚書》《禮經》《樂經》《易經》《春秋》。
⑥ 子史：子，指先秦諸子百家的著作；史，指歷代史書。
⑦ 元貞：元成宗年號（1295—1297）。
⑧ 關中：秦建都咸陽，漢建都長安，故稱函谷關以西爲關中，歷代所指範圍不一。有時專指陝西渭河流域一帶。
⑨ 岐山：在今陝西岐山縣。
⑩ 周公：周武王之弟，名旦，一稱叔旦。因采邑在周（今陝西岐山北），故稱爲周公。曾助周武王滅商。武王死後，成王年幼，由他攝政，政績卓著。
⑪ 涂山氏：夏禹的妻子。涂山，即相傳夏禹娶涂山氏及會諸侯的地方，其地有安徽蚌埠西、浙江紹興西北、重慶東幾種説法。
⑫ 古風：古代的風俗習慣，多指淳厚質樸的習尚。

臨中流，上作石室，旋柱其外以爲轉廊。室塑十閻羅①像，俗言至此絕險，與死爲鄰也。樓外俯黃流，凌白雲，孤山直對而雷首、中條渺渺冥冥，乍見乍没，皆入望眸。蹣蹬而下，會二公至流丹亭。亭北倚石崖，其南半懸中流，柏柱斜庋其下，上有板棚。鑿板如井口以汲流，即勺水於滄海也。亭扁則白巖喬公小篆。

　　下亭，就實齋子於河壩。壩西者，河其東，皆怪石層崖，崒嵂崎嶇，不可以步。而内濱子飄裔如飛，予力追不及。至壩，則西山東轉，北遮河流，不見來處。仁灘環望，四面皆山，中如院落。其前則兩山拱峙，自窟穴而出，故曰“龍門”云。爰有煤舟，南自蒲津絡繹而來，棹歌漁唱，不殫圖此。其爲禹穴②乎？或曰：“龍門之外，河洲之上，青草萋萋黃沙堘。視河之高不過咫尺，若遇秋水泛溢，雖百里之漲，千尋之濤，不能侵一抔③焉。是則禹壙者也。”内濱子曰：“禹古今之大智，而乃葬身於此乎？”谷泉子曰：“會稽④亦有禹穴，云其在河之壩也。”

　　方欲即舟北行，以求所謂懸流三級浪者。或曰在金門五七十里；或曰在吉州⑤百餘里，然不能往。徘徊悵望，攪僕南返。蓋天下奇觀，亦不欲人盡睹。而風雨幻忽，雲雷時出，亦此山之神妝點修飾，聳來者之觀乎？然斯遊也，不可謂不索其隱而探其奇矣。

録自《涇野集》

　　①　十閻羅：中國佛教所稱十個主管地獄的閻王，即秦廣王、初江王、宋帝王、伍官王、閻羅王、變成王、泰山王、平等王、都市王、五道轉輪王，十王各居一殿。

　　②　禹穴：相傳爲夏禹的葬地，在今浙江紹興的會稽山。

　　③　一抔：一抔土。

　　④　會稽：會稽山，在今浙江紹興東南。

　　⑤　吉州：今山西吉縣。

遊龍門記[①]

清·喬光烈

　　龍門，天下之奇勝也。河自積石[②]抱榆塞[③]東行，折入中國。至保德[④]天橋峽[⑤]，高若建瓴。又數百里，過宜川縣[⑥]，地漸下且平，勢亦漸緩。又百餘里，逕河津、韓城[⑦]兩縣間，有峰闖然杰起，夾岸東西對峙壁立，若雙闕[⑧]洞闓狀，是爲龍門。《水經注》云：“河水南逕北屈縣故城西，有孟門山，即龍門之上口。”宋李

---

　　① 《遊龍門記》：清代乾隆年間，作者任職山西，乘便遊覽龍門，寫了這篇遊記。

　　② 積石：山名，即阿尼瑪卿山，由青海東南部延伸至甘肅南部邊境，屬昆侖山脉中段支脉。黃河繞流其東南側，《書·禹貢》云：“導河積石，至於龍門。”

　　③ 榆塞：即榆林塞，故址在今内蒙古鄂爾多斯的黃河岸邊。《漢書·韓安國傳》：“後蒙恬爲秦侵胡，辟地數千里，以河爲竟。累石爲城，樹榆爲塞，匈奴不敢飲馬於河。”

　　④ 保德：今屬山西。

　　⑤ 天橋峽：在今山西保德東，黃河流經其中，冬季積冰爲橋，俗稱“天橋”。

　　⑥ 宜川縣：今屬陝西。

　　⑦ 韓城：今屬陝西。

　　⑧ 雙闕：古代宮殿、祠廟、陵墓前兩邊高臺上的樓觀。

復①云：“禹鑿龍門，起於唐東受降城②之東，自北而南，以至此山。”又《夏書》③言：“既載壺口④，治梁⑤及岐⑥。”諸儒釋《禹貢》，遂以爲凡龍門西屬韓城者，即梁之南山；而其東在河津，亦即壺口之別峰。由數説論之，則所謂“龍門”者，當不止在是。然以河之入塞而南下也，其左右皆束以連峰石壁，峭立如鎖如峽，與洪流相復合；河亦馴攝，盤轉其中。凡千百里至此，山開岸闊，豁然分辟，若由堂奧忽出戶外，因以奔放擺蕩，噴風霆，浴日月；而又以其兩山分在秦晋者合爲一門。然則舉形驗名，“龍門”之稱，宜獨在此山屬河津者。

東距縣郭二十五里，旁有村曰“神前”。遊者自村入約半里許，至山下。循麓而登，皆石級屈折。有亭數楹，頗華敞。少休，坐其中以望河水，浩浩下注，去不可窮，舟檣往來，輕若鳧雁。已而，躋其巔，上謁禹廟。廟傳建從漢時，雖歲月不可考，特其殿宇榱棟崢嶸巍壯，古色動階礎間。其地益高，騁眺尤暢。望龍門西山半在韓城者，有如浮圖晝立，濱河岡上爲河樓，樓西亦爲禹祠。雖河流中限，而勢近相接。其峰紺黛翠，與神宮丹碧、林木村墟、煙暉霏景，悉收乎舉矚之下。

而禹廟正南，一峰嵓嶢特起，如虬龍奮矯其首，視諸山尤峻出。上復有樓，或名之“倚漢”。升而縱目，遠近數百里畢見。望

① 李復：宋長安（今陝西西安）人，字履中。元豐進士，紹聖年間爲西邊使者。喜讀書，尤工詩，人稱潏水先生。有《潏水集》。

② 唐東受降城：漢唐時築以接受敵人投降之城。唐築有三城，東城在勝州（今内蒙古準格爾旗、托克托一帶）。

③ 《夏書》：指記載夏代史事的書。《尚書》中《禹貢》《甘誓》《五子之歌》《胤征》四篇，舊也稱《夏書》。

④ 壺口：山名，在今山西吉縣西。黄河自北流經山側，上下游河床高低懸殊，河水傾注如壺口，故此爲名。

⑤ 梁：山名，即今山西離石東北的吕梁山，北川河由此匯入黄河。又名谷積山、骨脊山。

⑥ 岐：山名，在今山西孝義西。

河自壼口來，才若一綫，漸澎湃，大至簸撼岸谷。而龍門西山之北，有石橫出河中，若與其流相激截者三。河磯且怒，濤浪驟蹴。世稱龍門爲"禹門"，故争傳"禹門浪"矣。

下自禹廟，緣山西南行，有石崖聳峭，俯臨孤出，橫覆河上。或鑿壁架木爲飛梁棧閣，構樓其間，可從樓中縋汲河水，以供茗飲，蓋昔時好奇者所爲。其西南偏距門稍遠，有石如小邱，與山斷不相屬，凡河水盛，至則分繞以行。傳爲禹所鑿，則土人之説云。

遊既已，還憩亭中。顧客而笑曰："夫世言佳山水，夸觀遊之奇，浙江潮①、匡廬②瀑、峨嵋③雪、洞庭④月，供賞悦而快登覽者，至矣。余於龍門，更有進也。思禹功而懷明德，睹表裏以壯山河，分控秦晋之雄，險扼形勢之要；彼匡廬、洞庭，僻在西南者，曷以有是邪！況乎登東山之巋然，俯萬景之前陳，何雪與月而雲勿宜？而特夫遊者之未數數至也。余前守同州⑤，今來河東⑥，龍門并隸焉，人與地似若有夙契者，因得畢遊以極其觀暢其趣。"

用書崖石，識歲月云爾。

錄自《小方壺齋輿地叢鈔》

① 浙江潮：即錢塘潮。今浙江杭州附近浙江的下游，稱爲"錢塘江"。江口呈喇叭狀，海潮倒灌，形成舉世聞名的"錢塘潮"。
② 匡廬：即廬山，在今江西九江南，聳立於鄱陽湖、長江之濱。相傳周代時有匡氏七兄弟結廬隱居於此，故又名"匡廬""匡山"。廬山瀑布爲山中著名美景。
③ 峨嵋：山名，也寫作"峨眉"，在四川峨眉山市西南。有山峰相對如峨眉，故名。佛教稱爲"光明山"，道教稱爲"虛靈洞天""靈陵太妙天"，爲我國佛教四大名山之一。因海拔較高，山頂終年有積雪。
④ 洞庭：湖名，在今湖南北部、長江南岸。素有"八百里洞庭"之稱，爲我國第二大淡水湖，湖中湖岸有君山、嶽陽樓等名勝古迹。
⑤ 同州：治所在今陝西大荔。
⑥ 河東：黃河由北向南流經山西西境，山西在黃河以東，故稱"河東"。

絳州鼓堆泉記^①

宋·司馬光

　　鼓堆，在州治所西北二十五里。樊紹述^②《守居記》^③ 作"古"，州之圖志作"鼓"。鼓者，人馬踐之，逢逢如鼓狀，蓋水原充滿石下而云然。紹述之文，其必有據；然今以耳目驗之，則圖志亦未可全廢也。

　　堆之西，山曰"馬首"；其東長陵纏屬，相傳以爲晋之九原^④；其北，水出澤堂，別名"清泉"。堆周圍四里，高三丈，穹隆而圓，狀如覆釜。水源數十環之，觱沸雜發，匯於南，溶爲深淵，中多魚鱉蟹蟾。水極清潔，可鑒毛髮，盛寒不冰，大旱不耗，霪雨不溢。其南釃爲三渠：一載高地，入州城，周吏民園沼之用；二散布田間，灌溉萬餘頃；所餘皆歸於汾。田之所生禾麻徐稻，肥茂香甘，异佗水所溉。

　　堆上有神祠，蓋以水陰類也，故其神爲婦人之像。而祠中石

----

　　① 《絳州鼓堆泉記》：宋代嘉祐元年，時任并州通判的作者因事至絳州，與當地官員一同遊覽了鼓堆泉，寫下了這篇文章。絳州，今山西新絳。鼓堆泉：源出山西新絳鼓山下，又名"古水"，南流匯入汾河。

　　② 樊紹述：樊宗師，字紹述，唐代南陽（今屬河南）人，曾任絳州刺史，頗有治績。有《樊紹述集》。

　　③ 《守居記》：全名爲《絳守居園池記》。

　　④ 九原：九原山，在今山西新絳北二十里，有九座土崗。晉國趙盾等卿大夫均葬於此。

刻，乃妄以爲堯后及舜之二妃①噫！是水也，有清明之性，溫厚之德，常一之操，潤澤之功，雖古聖賢無以加其廟食②於民也固宜，何必假於堯后舜妃，然後可祀也。

嘉祐元年③九月壬寅，通判④并州⑤事司馬光以事至絳州，從州之諸官：尚書比部⑥員外郎薛長孺元卿，國子⑦博士劉常守道、尹仲舒漢臣，判官⑧陳太初寓之，同遊祠下。愛其氣象之美，登臨之樂，而又功德及人，若此其盛；憫流俗之訛，不可以莫之正也，於是題云。

録自《司馬文正公集》

---

① 舜之二妃：即娥皇、女英，相傳爲堯的女兒。

② 廟食：人死後立廟，享受奉祀祭奠。

③ 嘉祐元年：嘉祐，宋仁宗年號。嘉祐元年，公元 1056 年。

④ 通判：宋代官名，"通判"即共同處理政務的意思，地位略次於州府長官，但有連署州府公事和監察官吏的實權，號稱監州。

⑤ 并州：今山西太原。

⑥ 比部：古代尚書屬下辦事機關，職掌稽核簿籍，其長官，唐宋時爲比部郎中及員外郎。此處員外郎爲文官兼銜。

⑦ 國子：即國子監，古代教育管理機關和最高學府，有國子祭酒、博士等學官。此處國子博士爲文官兼銜。

⑧ 判官：宋代州府次職，選派京官充任時稱簽書判廳公事，簡稱"簽判"。

登鸛雀樓①記

元·王 惲

　　予少從進士泌陽②趙府君③學，先生河中人，故兒時得聞此州樓觀雄天下，而鸛雀者尤爲之甲。及讀唐李虞部④、暢諸⑤、王之煥⑥等詩，壯其藻思，令人飄飄然有整翮凌雲之想，擬一登而未能也。

　　至元壬申⑦春三月，由御史裏行⑧來官晉府⑨，因竊喜幸曰：

---

　　①　鸛雀樓：唐代河中府（今山西永濟）的名勝，高三層，前瞻中條山，下瞰黃河。因常有鸛雀栖息而得名。後爲河水冲毀。元代至元九年，作者任晉寧路判官，與同僚朋友一道遊覽了鸛雀樓遺址。

　　②　泌陽：今河南唐河。

　　③　府君：對州郡太守的尊稱。

　　④　李虞部：即李益，字君虞，唐隴西姑臧（今甘肅武威）人。官至禮部尚書，有《李益集》。

　　⑤　暢諸：即暢當，唐河東（今山西永濟）人，官至果州刺史。其《登鸛雀樓》詩："迥臨飛鳥上，高出世塵間。天勢圍平野，河流入斷山。"

　　⑥　王之煥：唐晉陽（今山西太原）人，字季陵，曾任文安縣尉。其《登鸛雀樓》詩："白日依山盡，黃河入海流。欲窮千里目，更上一層樓。"

　　⑦　至元壬申：元世祖至元九年（1272）。

　　⑧　御史裏行：官名，非御史臺正官，也不規定員額。

　　⑨　晉府：指元晉寧路官署，晉寧路（治所在今山西臨汾）轄境相當今山西南部。

“蒲①爲屬郡，且判府職固廳幕，而關掌有頗務。國制：判官②典郵傳，季得乘馹檢劾稽緩。西南河關③勝概，固形於夢寐中矣。”

其歲冬十一月戊寅④，奉堂移⑤偕來伻按事此州，遂獲登故基。徙倚盤礴，情逸雲上。於是俯洪河，面太華⑥，揖首陽⑦，雖傑觀委地，昔人已非，而河山之偉，風烟之勝，不殊於往古矣。於是詠採薇之歌⑧，有懷舜德；起臨河之嘆⑨，而思禹功。坐客顧笑，舉酒相屬，何其思之深而樂之多也！

噫！昔韓吏部⑩欲造登南昌閣⑪者屢矣，至於刺潮⑫，移袁⑬、濱⑭、潭⑮，卒莫之遂，祇獲載名其上，列三王⑯之次。今雖罄適盡

---

① 蒲：蒲州，即河中府。

② 判官：古代州郡長官的僚屬，職責爲輔理政事。

③ 河關：指黃河與函谷、蒲津等關。

④ 戊寅：古代以天干與地支相配合，除用於記年外，也用於記日。

⑤ 堂移：官署長官發出的公文。

⑥ 太華：太華山，爲華山主峰。

⑦ 首陽：首陽山，又名雷首山，在今山西永濟南。傳説爲古代伯夷、叔齊採薇隱居之地。

⑧ 採薇之歌：殷商末年，孤竹君二子伯夷、叔齊反對周武王伐紂。周滅商後，他們“義不食周粟”，隱居於首陽山，採薇蕨度日，於餓死前作歌：“登彼西山兮，採其薇矣……”稱爲《採薇歌》。

⑨ 臨河之嘆：傳説高士許由，以清節聞名天下。堯欲以天下相讓，許由認爲其言不善，乃臨河洗耳。

⑩ 韓吏部：韓愈，字退之，唐河南河陽（今河南孟州市南）人。曾任刑部侍郎等職，因諫阻唐憲宗迎佛骨，貶爲潮州刺史。後官至吏部侍郎。有《昌黎先生集》。

⑪ 南昌閣：滕王閣，故址在今江西南昌贛江邊。唐高祖子元嬰任洪州刺史時所建，後元嬰封滕王，故名。

⑫ 潮：潮州，今屬廣東。

⑬ 袁：袁州，今江西宜春。

⑭ 濱：濱州，今屬山東。

⑮ 袁：袁州，今湖南長沙。

⑯ 三王：指唐代王勃、王緒、王仲舒。滕王閣曾由王勃作序，王緒作賦，王仲舒作修閣記。韓愈《新修滕王閣記》：“及得三王所爲序、賦、記等，壯其文辭，益欲往一觀而讀之。”

夙昔登臨之美，而不覩瑰偉巉嶪之觀。乃知勝賞有數，樂事不可並也。

偕來者：古肥①戴剛柔克、滏陽②馬昫德昌、營州③張思誠誠叔，子翁孺侍行。

是歲陽復④後一日，承直郎⑤汲郡王惲仲謀甫記。

録自《秋澗集》

---

① 古肥：今山西昔陽。

② 滏陽：今河北磁縣。

③ 營州：今河北昌黎。

④ 陽復：冬至。古人認爲天地間有陰陽二氣，每年至冬至日，則陰氣盡而陽氣開始復生，稱爲"一陽來復"。

⑤ 承直郎：皇帝的宿衛侍從官，多爲爵號。

遊三門記①

元·王　翰

　　三門集津，在平陸②縣治東六十里。道由東西延，至黃堆，循河東下，再行十里至其處。河南山脊峻下，其尾屬於北山，鑿山作三門以通河流。南者爲鬼門，中爲人門，次北爲神門，又次北及開元③新開河。又以中爲夜叉門，北爲金門，新開河爲公主河，未詳其說也。

　　鬼門迫窄，水勢極峻急。人門水稍平緩。直東可十五步④，中流有小山，乃砥柱⑤也。又東十步，其水瀠回，謂之“海眼”，深不可測。神門最修廣，水安妥，蓋唐宋漕運之道。

　　山巖上有閣道，且牽泐石深尺許。正南下五十步，有石聳起，側視若香爐然。又東三十步，一峰可高數丈，不甚奇。

---

　　①　三門：三門峽，黃河中遊著名的大峽谷，在山西平陸和河南三門峽市之間，舊時河床中巖石將黃河分成三段，北爲“人門”，中爲“神門”，南爲“鬼門”，“三門”由此得名。1960 年，於此建三門峽水利樞紐工程。
　　②　平陸：今屬山西。
　　③　開元：唐玄宗年號（713—741）。
　　④　步：古代長度單位，歷代定制不一。周代以八尺爲步，秦代以六尺爲步，後又以營造尺（約 0.32 米），五尺爲步。
　　⑤　砥柱：又稱底柱山、三門山。北魏酈道元《水經注·河水四》：“砥柱，山名也。昔禹治洪水，山陵當水者鑿之，故破山以通河，河水分流，包山而過，山見水中若柱然，故曰砥柱也。”今因整治河道，山已炸毀。

新開河南北廣約二丈，其峰石如氂，又如繩之取直者。行百餘步，與神門水合。其南一峰壁立，度二百尺許，極奇秀。石紋青黃相雜，其巔多鵠鶻巢。壘石爲爐形，非飛舉者不可至，不知其始。或謂老君①煉丹爐，蓋神之也。新開河左，就巖石下刻宋金人題名并詩，且刻"翠陰禹功"。二巖稍東，刻"忠孝清慎"四字，字畫若顏魯公②書者。其南山上有石巉然，如鷗蹲者，人號"挂鼓石"，蓋禹用以節時齊力也。

自新開河東口，涉水上山。舊有開化寺，今不存。有小祠，像龍神者。前碑剥落不可模，不知何時立。祠檐下二石，其狀如碑無字，上作三竅。一碑蓋金源③興定十二年④修禹廟之記也。

回，至西可二里，上山謁禹廟而還。

所至處，皆用小律詩⑤記之。

録自《古今圖書集成》

---

① 老君：即太上老君，道教對老子的尊稱。

② 顏魯公：即顏真卿，字清臣，唐代京兆萬年（今陝西西安）人。官至吏部尚書，太子太師，封魯郡公。其書法對後代影響很大，正楷端莊雄偉，行書遒勁鬱勃，開創了新風格，人稱"顏體"，與柳公權并稱"顏柳"。

③ 金源：金國的別稱。

④ 興定十二年：興定爲金宣宗完顏珣年號，由公元1217年至1222年，只有六年。此處文字疑有訛誤。

⑤ 小律詩：絕句的別稱。

遊砥柱記①

明·都　穆

　　砥柱，在陝州②東五十里黃河中，以其形似柱，故名。《禹貢》謂導河東至於砥柱，即此。

　　乙卯③，往遊砥柱。離州二十里，午食；又二十里，循河行十里，至三門集津。三門者，中曰"神門"，南曰"鬼門"，北曰"人門"，其始特一巨石而平如砥。想昔河水泛濫，禹鑿之爲三，令水行其間。聲激如雷，而鬼門尤爲險惡，舟筏一入，鮮得脫者。名之曰"鬼"，宜矣。

　　三門之廣約二十丈，其東百五十步，即砥柱。崇約三丈，周數丈，相傳上有唐太宗碑銘，今不存。蔡氏④《書傳》以三門爲砥柱，州志亦謂砥柱即三門山，皆未嘗親履其地，故謬誤若此。又按《隋書》⑤載："大業七年⑥，砥柱山崩，壅河逆流數十里。"砥柱今屹然中流，上無土木，而河之廣僅如三門，奚有崩摧而壅河逆流至數十里之遠？蓋距河兩岸皆山，意者當時或崩，人遂以爲

---

①　遊砥柱記：明代弘治八年（1495），作者遊覽砥柱，寫下了這篇遊記。
②　陝州：今河南陝縣。
③　乙卯：明孝宗朱祐樘弘治八年。
④　蔡氏：即蔡沈。
⑤　《隋書》：史書名，唐代魏徵等撰，共八十五卷。
⑥　大業七年：隋煬帝楊廣大業七年（611）。

砥柱，而史氏書之也。孟子①云"盡信書不如無書"，有以哉！

録自《古今圖書集成》

---

① 孟子：戰國時學者，名軻，字子輿，鄒（今山東鄒縣東南）人。著作有《孟子》。

觀底柱記^①

明·吕　柟

　　底柱，在平陸縣東五十里。大河自蒲津^②西來，至是微折而南，是柱正當轉曲之間，在三門山之陽，紫金、駱駝二峰之西。其形如柱植立河中。

　　今年，內濱祁公、谷泉儲公約往觀之。乃七月三日至平陸，同劉虞州緣河北岸崎嶇而東，至其下，登拜禹廟。出臨先門，蹈禾黍中，迤邐南望，仿佛窺其形狀，但爲雙樹所蔽翳爾。既坐，三公問底柱何在，群指而未得。予曰："西岸雙樹蔽翳而突兀祠前者，是也。"乃自臨先門之磴而下，東緣河滸至懸崖，去河咫尺，倚崖而立。南望斯柱，形狀峭拔，與河中諸峰不同。

　　時暴雨新下，大河泛漲，是柱頗偏西岸。予又疑曰："往何以謂之柱在中流邪?"虞州子曰："河至秋闌冬後，則東流倒於西岸，而是柱正當中爾。"諸公更欲前進，求至其所，而路益隘厄。內濱子乃命繪人扶二吏往，直至紫金峰東，與柱相對。而東岸山坪有古刻"底柱"二字，及唐宋元人銘詩。繪人皆誊來以觀，遂開尊河滸之上。

----

①　觀底柱記：明代正德年間，作者任職解州，曾與幾位朋友一道遊覽了底柱。

②　蒲津：即蒲津關，在今山西永濟西，陝西朝邑東，爲古黃河津渡。又名蒲坂津。

　　內濱子浩然嘆曰：“斯河也，自昆侖①、積石②而來，北過龍門，東至底柱。納水不啻萬流，過山不啻千里；雖崇嶺峻巇，俱避左右，無一能當之者，獨此柱，高不及數尋，圍不及百丈，乃嶷然中流，上撐昊天，下係厚地，污濁不染，波蕩不去，亘萬古而不磨。乃人之一心，本與乾坤相通，或爲巧言所入，或爲正議所拂，遂移其正理，變其常性，乃不若此柱，何耶？”

録自《涇野集》

①　昆侖：即昆侖山，在新疆與西藏之間，古人認爲是黄河的發源地。
②　積石：山名，即阿尼瑪卿山，在青海省東南部，黄河流經其東南側。

遊首陽山①記

明·都　穆

　　首陽山，在蒲州南四十五里，爲伯夷、叔齊隱處。癸酉②十月，道過潼關，去首陽僅餘二十里，遂出關北渡黄河，登岸即蒲州③也。

　　至山下，謁二賢祠。門之外有古柏二，其一大二十圍④，高二丈許，形狀殊怪；其次，圍殺三之一。二根相距數尺，而幹上交若兄弟之相倚者。傳爲二賢手植，殆未必然，其亦千年物歟。祠之像爲宋元祐⑤中所塑，其前復塑一白鹿。道士云：“二賢食薇兼飲鹿乳，故塑之。”此說不見傳記，人鮮有知者。祠下有歷代石刻，其最舊者，唐開元十三年⑥梁升卿⑦碑也。祠之右，即二賢葬處，

---

　　①　首陽山：又名雷首山，位於今山西永濟南部，相傳爲伯夷、叔齊採薇隱居處。明代正德八年，作者途經潼關，特地繞道遊覽了首陽山。

　　②　癸酉：明武宗正德八年（1513）。

　　③　蒲州：今屬山西永濟。

　　④　圍：計量周長的單位，舊説尺寸長短不一，多指兩手或兩臂之間合拱的長度。這里指兩手合拱的長度。

　　⑤　元祐：宋哲宗趙煦年號（1086—1094）。

　　⑥　唐開元十三年：公元725年。

　　⑦　梁升卿：唐代書法家，曾任奉天尉、廣州都督等職。博學工藝，尤善八分書。所寫《東封朝覲碑》，當時稱爲絕筆。

高墳并峙，上多古柏。植墳之前爲屋，中樹山谷老人①碑，及刻"首陽山古賢人墓"七大字。日暮乃還。

夫首陽之重於天下後世，以二賢之故。然考山之所以得名，其說不一。孔子稱："伯夷、叔齊餓於首陽之下，民到於今稱之。"考亭②注首陽山名，及其注《詩》，至"首陽之巔"，則云："首陽，首山之南。"安成③劉氏取《春秋傳》"趙宣子田④於首山"，謂泛名其山，則曰"首山"；以山南而言，則曰"首陽"。先儒謂首陽即古之雷首也。《禹貢》⑤曰："壺口、雷首至於太嶽。"蔡仲默⑥云："雷首在蒲坂⑦縣南。"蒲坂，即今之蒲州，盡州之山無所謂雷首者。今首陽山數里有中條山，州志謂此即雷首，曰："中條者，以其界河曲之間，延綿不絕，故名。"又謂："中條之下有水，曰'雷澤'，即舜所漁之地。"此又可見中條之爲雷首矣。若雷首之獨稱"首山"，猶太華而曰"華山"，匡廬而曰"廬山"，此自昔皆然，不可謂"首山"爲泛名也。

録自《古今圖書集成》

---

① 山谷老人：即黃庭堅，北宋詩人、書法家。字魯直，號山谷道人、涪翁，分寧（今江西修水）人。詩歌在宋代影響頗大，開創了江西詩派，與蘇軾齊名，世稱"蘇黃"。兼擅行、草書，自成風格，爲"宋四家"之一。

② 考亭：即朱熹，南宋徽州婺源（今屬江西）人，字元晦，號晦庵，別稱紫陽。晚年於建陽（今屬福建）考亭講學，人稱考亭學派。曾任秘閣修撰等職，是南宋著名哲學家。著有《四書章句集注》《周易本義》《詩集傳》等書。

③ 安成：地名，在今江西安福東南；或在今安徽霍山。

④ 田：狩獵。

⑤ 禹貢：《尚書》中的一篇，是我國最早一部科學價值很高的地理著作，其中對黃河流域的山川河流、物產交通等情況記述較詳。

⑥ 蔡仲默：即蔡沈，字仲默，南宋建陽（今屬福建）人。曾隱居九峰，人稱九峰先生。師事朱熹，專習《尚書》，著有《書集傳》等書。

⑦ 蒲坂：古縣名，治所在今山西永濟蒲州，隋大業初并入河東縣（當時蒲州治所）。

遊五姓湖記①

清·牛運震

蒲郡②太守周侯既浚五姓湖之三年，余與浙東③胡稚威，及周侯、永濟令張君、萬泉④令畢君泛舟於湖。是湖匯永濟、臨晉⑤、虞鄉⑥三縣之交，南浸中條之麓，北接桑泉⑦，東受姚暹渠⑧、鴨子池諸水，西抵趙伊鎮，輸於涑水⑨，周環六七十里。五老⑩諸峰倒

① 《遊五姓湖記》：五姓湖，在今山西永濟東南三十里處，因湖旁有五姓村，故名。又稱"五姓灘"。即《水經注》所說的"張陽澤"。清代乾隆年間，作者應蒲州知府邀請，與幾位朋友、同僚一道遊覽了五姓湖。

② 蒲郡：即蒲州府，治所在今山西永濟。

③ 浙東：今浙江的東部。

④ 萬泉：舊縣名，今屬山西萬榮。

⑤ 臨晉，舊縣名，今屬山西臨猗。

⑥ 虞鄉：舊縣名，今屬山西永濟。

⑦ 桑泉：在今山西臨猗臨晉東北。

⑧ 姚暹渠：又名永豐渠，北魏正始年間所修。隋代大業年間，爲排除洪水，保護鹽池，督水監姚暹主持對之進行大規模的整修疏浚。後人爲紀念其功績，遂改名爲姚暹渠。該渠源於夏縣尉家窰，流經運城、永濟，匯入五姓湖。

⑨ 涑水：涑水河，一名涑河，由源於山西絳縣的幾條河流匯聚而成，向西南流經聞喜、夏縣、運城、臨猗、永濟等地，經五姓湖，在永濟弘道園注入黃河。

⑩ 五老：位於今山西永濟虞鄉南，有五座山峰對峙，形同五位老人，故名"五老峰"。

影其中，孤山①、峨眉岡②遠空極翠，復映帶之。

十月二日，余與張、畢二君先後至湖。已而，周侯自虞鄉却來，興迎胡君達湖上。當是時，漁人、篙工及湖山農民百數十人，咸艤舟以待。明日登舟，由南岸放乎中流。綠嵐微量，紅林未脱，風平烟净，湖光瀲灩，白雲橫抹，橋影參差。已而，扣舷載詠，舉酒相屬，高宴轉清，極望曠渺，樂可知也。然而漁人農父有歌於舟中者，隸卒按拍吹笛和之。漁之乘流而施罛者，罛聲與歌相答也。當是時，周侯推酒饌以饜耕牧之民。俯仰雲水，四顧洲原，爲説鄉土山川風景之勝，晴雨桑麻伏臘賽脯之樂。移舟促棹，酒酣耳熱，雜引杯觴，高索果栗，若不知有太守公者。鳧雁歡聲，林木交舞，日暮景轉，夷猶不厭。

夫牧有司不可以遊覽爲事，彼其部領文奏，一日之玩則廢之矣；矧其朱幡皂蓋，鹵簿驪騎，於山水之趣何有哉！謝靈運③之泛麻源，山簡④之醉高陽池，吾意其掾吏猶苦之，爲之民者，顧安所得共焉！如使僕僕鑿山谷，供帳具，則民不利有風雅之使君可知也。至若逸人畸士，往往幅巾竹杖，喜自放於水巓水湄之外，一遇達官畫舸鼓吹，則有欸乃一聲，棹烟港荻浦而去耳，夫又安從致之！

然則周侯今日之遊，其何以爲此樂也哉？然湖當昔盛時，環陂

---

① 孤山：在今山西永濟與芮城交界處，爲該地最高山峰。因山形爲長方形，又名"方山"。

② 峨眉岡：又名峨嵋嶺、峨嵋坡，在今山西萬榮榮河東。

③ 謝靈運：南北朝宋陳郡陽夏（今河南太康）人，移籍會稽。謝玄之孫，晋時襲封康樂公，人稱謝康樂。入宋，曾任永嘉太守、侍中、臨川内史等職，後被殺。其詩大多描寫山水名勝，開文學史上的山水詩一派。後人輯有《謝康樂集》。

④ 山簡：西晋河内懷縣（今河南武陟西）人，字季倫，山濤幼子。歷任太子舍人、尚書左僕射等職。後出爲征南將軍，鎮襄陽，常遊習家園池，醉酒池上，名之爲"高陽池"。

皆樓閣亭館，桃李霞綺，酒旗歌管，掩映簇集。近湖之淤且涸者，百有餘年，幾成智池。周侯疏涷水河，并湖浚之。今之清波瀲灩、彌望浩森者，周侯力也。淺有菰蒲，深有葭葦，魚蝦之產，歲千萬石。湖之民揟而弋其利者，倍禾稼之入。扶老艾，抱孩稚，熙熙於山色湖光之中者，朝夕遍焉。乃今周侯得一遊，遊而山農澤氓益得有其樂。然則湖自周侯始，湖之遊亦自周侯始，是使湖之民利有湖，并利有周侯，雖謂周侯治蒲如斯遊可也。舍是而鼓棹西湖之波，探奇渼陂①之奧，其樂又豈有易於此！於是余與胡君稚威乃肯與太守遊。

　　張、畢二君曰：“不可以弗志也。”故記之。

　　　　　　　　　錄自《小方壺齋輿地叢鈔》

---

　　① 渼陂：古代湖泊名，故址在今陝西户縣西，匯集終南山各條山谷流水，西北流入澇水。一說因水味美得名，一說因魚味美得名。唐代杜甫、岑參均有遊觀之詩。

遊烟莊山①錄

明·唐　樞

　　聞喜②縣六十里楊村鋪,入窄谷。兩山夾列,中只容澗道,旁無行徑。水溢不通,行踏亂石。進二十里,起二山,突立澗畔,堂局啓綽,四面岡巒,遠近攢向,是爲姜嫄③之墓。厓封在頂,廟在墓傍。里人謂:"鳥飛度必翔集,無輙去。"予驗之,果然。一名"鳳凰山",墓當鳳首,左右兩翼翥展對案,整布三山如帳外,群峰秀聳。又名"定秋山",山上卉植春甲齊萌,可占年;若發有先後,無年。

　　復踏澗石,十五里至橫嶺關④巡司⑤。歷留莊隘,絶崖深谷,數十峰駢肩而立,如犬牙互挽,僅通澗流,旁無行道。紆委嵌次,盤水擇徑,成十八度。悉履亂石,無嘉步也。山奄南壁,新綠映空。石勢兀眼,又種種作奇,碎劃巧發:或巉崒如鋸,或擁屏盾布,或突額前拜,或若砌就,或若刺制,或葷盤據。石青紫黑,雜陳成錦。玉泉瑤草,鐵嶂丹巘。鳥聲傳壑,風力拂垂,宛在地藏中。

録自《古今圖書集成》

---

①　烟莊山:在今山西省絳縣南。

②　聞喜:今屬山西。

③　姜嫄:又作姜原,周族始祖后稷之母,有邰氏之女。傳說她在荒野踩到巨人足迹,懷孕生稷。一說是帝嚳之妻。

④　橫嶺關:故址在今山西絳縣南二十五里與聞喜交界處,又稱"橫嶺背"。

⑤　巡司:巡檢司,多設於關隘要地,職掌維持地方治安。

雙泉記①

宋·鄧忠臣

　　孤山②之東南，有祠曰"風伯③雨師"④。古有泉二源，在山之上下。介鄉⑤之人，常謂此泉可飲數千户，歲旱禱能興雲雨。蓋有德於民者，世之人未之或知也。廣陵朱康叔⑥行縣，與余同謁祠下，因探源留觀久之。顧謂余曰："兹勝境也，惜其未名，可名曰'雙泉'。"因書於石。

　　余以物之爲利，質不在大，地不在顯。今涓涓之水，不盈澗壑，隱翳於窮山幽巖之下，老圃灌畦，孺子濯足，曾不得與五嶽四瀆⑦并祀，而能興雲雨於百里⑧之内。百里之人，特見百里之内

---

　　①　雙泉：遺址在今山西萬榮南。宋代熙寧（1068—1077）年間，作者與身任河中府通判的朱康叔拜謁風伯雨師祠，發現祠旁有兩孔泉水，雖然無名，却能造福於鄉民。朱康叔爲之取名"雙泉"，作者也寫了這篇文章予以贊頌。

　　②　孤山：在今山西萬榮南，俗名"方山"。

　　③　風伯：古代神話傳説中的風神。

　　④　雨師：古代神話傳説中司雨的神。

　　⑤　介鄉：今山西萬榮東有介山，故稱其地爲"介鄉"。

　　⑥　朱康叔：即朱壽昌，字康叔。一作天長（今屬安徽）人。熙寧年間曾任河中府通判。後知閬州，仕終司農少卿。

　　⑦　四瀆：長江、黄河、淮河、濟水的合稱。《爾雅·釋水》："江、河、淮、濟爲四瀆。四瀆者，發源注海者也。"

　　⑧　百里：古代一縣轄地約方圓百里，後用來指一縣。

沾沐膏澤而已，蓋不見於百里之外者，又安知不油然沛然不崇朝①而遍天下耶！余疑雙泉爲天地闊泯其迹，姑施陰功潛德於不用之際，將有護持待人而後發歟！何昔之湮晦如此？噫！微康叔名之，則將與行潦之水奚异哉！

録自《古今圖書集成》

---

① 崇朝：終朝。從天亮到早飯時。比喻時間短暫，等於説一個早晨。

汾陽祠記^①

明·喬　宇

　　在榮河^②東北十里處，告新天子即位於商湯王祠畢，才、來二公進曰："汾陽古祠去此不遠，盍往觀之，可以紓從者一日之勞。"二十六日^③，遂由縣西北行十里而至。頹然荒祠，倚於脽^④旁。啓括轉扉，且前後杲杲，白日照於中堂，鳥巢於梁，苔侵於堂。登謁后皇，翠冠翟裳。於是循祠之北，求漢武^⑤之明壇^⑥，登軒轅^⑦之郊

---

　　①　汾陽祠：即汾祠，是漢武帝建於汾陽（今山西萬榮西北）的后土祠。明正德十六年（1521），明武宗去世，世宗即位，作者奉命祭告名山大川、先王陵寢。這篇文章記述了他途中遊覽汾祠的情形。汾陽，汾祠所在地，晋代曾置汾陽縣。

　　②　榮河：今屬山西萬榮。

　　③　二十六日：即陰曆四月二十六日。

　　④　脽：即汾陰脽。漢代，榮河因在汾水之南，故名爲"汾陰"。汾陰脽，指汾陽縣里的一個土丘，又名"汾脽""汾葵"。《漢書·武帝紀》："（元鼎四年）立后土祠於汾陰脽上。"顏師古注："脽者，以其形高如人尻脽（臀部）。"

　　⑤　漢武：漢武帝，即劉徹，西漢皇帝。公元前141年至前87年在位。

　　⑥　明壇：古代祭神的高臺。這里專指祭祀后土神的方丘。《太平御覽》卷五二七引漢衞宏《漢舊儀》："祭地河東汾陰后土宮，宮曲入河。古之祭地，澤中方丘也。禮儀如祭天。"

　　⑦　軒轅：即黃帝，古代傳說中的帝王。姓公孫氏，生於軒轅之丘，故稱軒轅氏。據《史記·五帝本紀》所説："（軒轅）有土德之瑞，故號黃帝。"司馬貞索隱："炎帝火，黃帝以土代之。"

臺①，探巫錦之鼎區，皆茫茫杳杳，不可辨矣。

去祠三百步許，是爲汾河。重湍駛濤，是河津而來。河之濱，見臥有崇碑，埋有穹龜，去流惟趾步。拂而觀之，乃宋真宗②西封③文也。相與惻感，遂鳩隸人，培土而深，貫木而旋，系繩而引，使依於祠所，庶幾不忘。

二公曰："元鼎④之時，此地乃漢天子望拜之所，必嚴觀辟路，雖當時善遊之士，恐不可到。今也蕩然丘墟，曠然步趨；況有龍門吐雲，中條獻奇，不亦可樂也哉。"遂舉酒於臺上。酒酣，在祠西求大舸，浮河而南。中流覽景，俯仰古今，翕然興發，相與詠秋風之辭⑤。余又爲之歌曰："帝昔來兮壇下，駐龍輿⑥兮輝煌。帝一去兮不返，壇有柏兮蒼蒼。悲千秋兮萬歲，汾之水兮湯湯⑦。"歌罷，不覺抵於崖上。

録自《山西通志》

---

① 郊臺：即郊壇，古代爲祭祀所築的土壇，一般設在南郊。
② 宋真宗：即趙恒，北宋皇帝。公元997年至1022年在位。大中祥符四年（1011），曾來后土祠祭祀。
③ 封：古代帝王築壇祭祀天地及四方山嶽之神。
④ 元鼎：漢武帝年號（前116—前111）。
⑤ 秋風之辭：指漢武帝所作《秋風辭》。
⑥ 龍輿：天子乘坐的車輿。
⑦ 湯湯：水勢盛大的樣子。

遊金粟園①記

清·孫　籀

　　金粟園，故河東②郡王作也。戊子之夏，偕二客往遊。甫啓
關，而見有巍然傑出、壯麗駭目者，金粟坊也。稍折而西，砌徑迂
回，桂藂③軒與歲寒居相接，高敞開豁，回廊環抱，緑窗朱户，不
減紗厨，爲昔日讀書之處，扁之曰“西園翰墨林”也。由故道而
之東，橫架小坊，粉題“蒼雲塢”。籬傍竹樹交加，禽聲上下；風
自林出，花香襲人。過此則蒼苔曲檻，滿目皆緑肥紅艷，則群花
之盛開也。向南而聳峙，作一園之冠者，爲丹藥院。簾卷明月，牖
納清風，夏日之所宜。名人之題詠，尚歷歷可誦也。厥後爲有斐
堂，與前相稱，傍列香雪塢、懶雲窩，則元邃奧突，爲冬日之所宜
也。對丹藥院而臨流北瞰者，爲澄然樓。周圍群峰秀出，鳥道④層
幽，位置鬼巧，劃落天成。或嵌空而玲瓏，或坦腹而驤首，俱堪呼
兄下拜，令人坐卧其間，想見當時歌兒舞女之所從遊，樂而忘返，
雖平原十日⑤，猶未足爲多也。樓之下爲金魚池，中亘一小橋，垂

---

① 金粟園：遺址在今山西永濟。

② 河東：治所在今山西永濟。

③ 藂：聚集。

④ 鳥道：高山上險峻狹窄的小路。

⑤ 平原十日：指朋友連日歡聚。《史記·範雎蔡澤列傳》：“（秦昭王）乃詳
爲好書遺平原君曰：‘寡人聞君之高義，願與君爲布衣之友，君幸過寡人，寡人
願與君爲十日之飲。’”後因以“十日之飲”或“十日平原”比喻朋友連日歡聚。

楊密布，濃陰四合。水深尺許，游魚之往來出没，須鬣可數也。

又步轉而之深林，槐角倒垂，枯松斜挂，隱隱有水聲者，爲流觴曲水。石棹依然，當日騷人墨客之酣飲狂歌地也。坐未幾，而見一怪樹崛起，老狀離奇，下倚一大石。披荆而視之，楷書"古木蒼烟，吴郡顧願筆"也。東望數畝，開畦種蔬，四時之鮮，無所不備。一徑微通，過錦雲鄉、富春亭二榭，皆宜風宜月，宜雨宜晴。遊屐告倦，可以少憩於此也。凝睇遥望，忽有岡陵葱鬱，高如二丈許。而其上之樓臺殿閣，映掩於樹木陰森之中，令人作天際想。曳裾而登，草莽之内若隱若現，爲清涼界石。西面而屏峙者，爲槐陰亭，規模弘麗。其間題詠如林，惜目力無餘，未獲遍覽。

録自《山西通志》

拙庵看山圖序①

明·李惟馨

山水佳麗，武夷爲最，次則太行東南，壺關、陵川②之間也。壺關縣東南一舍③，里曰“林青”，即致道別業。聚廬而托處者，數世矣。鄉曰“紫團”，乃太行絶頂，若武夷之幔亭峰④也。世傳神仙所宅，山曰“紫團山”，洞曰“紫團洞”，仙曰“紫團師”，所産人參曰“紫團參”。洞一名曰“翠微”，洞中有潭曰“白龍”，泓澄淳匯，其遠近淺深，皆不可測，盛夏雷雲出於其中。舊志云：“樂氏二女，微子⑤之後，採藥於山中，常栖於洞，服食人參，得道仙去。宋政和⑥間，敕賜‘冲惠’‘冲淑’真人，廟額曰：‘真

---

① 拙庵：即杜斆，明代壺關（今屬山西）人，字致道。元末曾舉鄉試第一，後回家教授。精通《易》《詩》《書》三經，自號拙庵老人。洪武（1368—1398）年間，明太祖朱元璋設置春、夏、秋、冬四輔官，召杜斆主夏官，不久致仕病卒。著有《四輔集》。他回鄉居住時，請人給自己畫了一幅像，取名《拙庵看山圖》，然後請李惟馨寫了這篇序。李惟馨在序文中，除贊揚杜斆的品格才學外，還着重描寫了紫團山的美麗景色。

② 陵川：今屬山西省。

③ 一舍：古代以三十里爲一舍。

④ 幔亭峰：在福建崇安武夷山南部，高大爲三十六峰之冠，四面絶壁。相傳武夷仙君每年八月十五日於此大會村人，上置用帳幔做成的亭子，化虹橋通山下。幔亭峰因此得名。

⑤ 微子：周代宋國的始祖，名啓（一作開）。商紂的庶兄，封於微（今山東梁山西北）。數諫紂王，紂王不聽，遂出走。後來周公旦封他於宋。

⑥ 政和：宋徽宗年號（1111—1118）。

澤'。"其他殊名異迹，不可勝紀。

　　東迤百里而近百丈原，康節①故居；稍南，孫登②長嘯之所；少北則隆慮③也。峰石崎靈，草木秀澗。翠松蒼檜，凌雲千丈，修竹茂林，與山無窮，葱蒨醲鬱，鬱拂雲霞，蔽虧日月，名狀罔極。群山竦立，芒角峭拔，森若劍戟。風清雨霽，乘興登覽，使人神怡目眩，應接不暇。如瀑布水簾，垂虹噴日，天巧捷出，五嶽三涂④，似難伯仲。但人迹罕到，未嘗表麗其勝境也。大抵一溪一壑，一盤一曲，丹崖堊壁，叠嶂巑峰，上接霄漢，下瞰烟霞，試一臨之，毛骨聳竪。雖洞天神府，無以加焉。

　　致道每憩於兹，時令童僕挈榼提壺，或吟詠雲根，或獨酌松下。因而誅茅結屋，扁曰"拙庵"。於是乎奇巖絶巘，環列於軒户之外、几席之上。仍命工肖形，蠟屐幅巾，野服黎杖，自名曰"拙庵看山圖"，諗余爲文。

　　大凡地有勝境，得人而後發；人有心匠，得物而後開，境心相遇，固有時耶！襄陽⑤峴山⑥，蓋諸山之小者，而其狀著於荊州⑦，

---

　　①　康節：即邵雍，字堯夫，謚康節，北宋人。其先範陽人，幼隨父遷共城（今河南輝縣），隱居蘇門山百源之上，後人稱他爲百源先生。朝廷屢次授官，均不赴。著有《皇極經世》《伊川擊壤集》。
　　②　孫登：字公和，西晋共城人。無家屬，爲土窟，隱於蘇門山中。性隨和，好讀《易》，鼓一弦琴。曾與阮籍、稽康交遊，後不知所終。
　　③　隆慮：山名，在今河南林州西二十里處。
　　④　三涂：山名，在今河南嵩縣西南，伊水之北，又稱崖口、水門。
　　⑤　襄陽：今屬湖北。
　　⑥　峴山：又名峴首山，在今湖北襄陽南，東臨漢水。
　　⑦　荊州：古地名，治所在江陵（今屬湖北）。

豈非羊叔子①、杜元凱②相繼於此，以成其勝哉！至於流風餘韵，藹然被於江漢之間。是茲山待其人而後著，紫團山有待於致道以彰顯也。

致道博學多聞，謙和儒雅，胸次灑落，襟懷夷敞。嘗爲郡直學③，講明傳授，他人莫及。一領鄉薦，以投牒自媒爲恥，後不復出門。拜擢爲陝西儒學提舉④，亦弗屑就。古所謂爵禄慶賞有不可致之人，今復見矣。自是以來，年高而德劭，學富而力行，教授鄉里，叮嚀懇至，將以傳其業也。維嘗觴咮於泉石間，但遣懷舒興，非耽樂放浪，如晋人無檢束也。

歲庚申⑤涒灘⑥、月辛巳⑦大荒落⑧、日壬午⑨，敦牂⑩雄山⑪李惟馨序。

録自《古今圖書集成》

---

① 羊叔子：即羊祜，字叔子，西晋泰山南城（今山東費縣西南）人。泰始五年（269），以尚書左僕射都督荆州諸軍事，出鎮襄陽十年。喜愛山水，經常登峴山，置酒吟詠。

② 杜元凱：即杜預，字元凱，西晋杜陵（今陝西西安東南）人。由羊祜臨終舉薦，任鎮南大將軍，都督荆州諸軍事。以滅吳功，封當陽縣侯。著有《春秋左氏經傳集解》等書。

③ 直學：宋元時路、府、州、縣書院中負責掌管錢穀的學官。

④ 儒學提舉：官名。元代於各地設儒學提舉司，掌管各地學政，又稱"提學"。

⑤ 庚申：明洪武十三年（1380）。

⑥ 涒灘：歲陰申的別稱，古代用以紀年。《爾雅·釋天》："（太歲）在申曰涒灘。"

⑦ 月辛巳：陰曆六月。

⑧ 大荒落：又作"大荒駱""大芒落""大芒駱"。太歲運行到地支"巳"的方位，這一年稱大荒落。也用爲十二地支中"巳"的別稱，用來紀月。

⑨ 日壬午：十九日。

⑩ 敦牂：古代以太歲在午之年爲"敦牂"。這里用來紀日。

⑪ 雄山：在今河北雄縣，有大小兩山。這里指雄縣。

遊紫團山記①

明·粟應宏

嘉靖戊子②秋，予東遊紫團山，自五龍③信宿而至。

道路窈窕，穿林木而上者，幾十里，及慈雲寺。有僧數人，邀予觀元人“三十六景”詩碣於古壁下，仳仳然④，散且缺矣。由慈雲石磴詰屈攀巖而下者，復幾里，則袞然福地⑤，爲雲蓋寺。山勢壁立，巉兀而盤繞；諸峰挺峙，競秀而變形，望之鬱鬱葱葱。西連王屋⑥，東俯林慮⑦，諸山南北相拱，帶跨青蓮⑧、百泉⑨之勝，斯爲太行樞要也。乃抵寺，憩數日。

山僧導予遊，循石徑南渡溪，由東峰入屏山遮地，即爲參園，已墾爲田久矣。歷西筆峰，緣石而出。時藥物累累然，幽香沓至。

---

① 紫團山：在今山西壺關東南，山頂常有紫氣，團團如車蓋，故此得名。山上舊有參園，所產人參名紫團參。明嘉靖七年（1528），作者遊覽了紫團山，寫下了這篇遊記。

② 嘉靖戊子：明嘉靖七年（1528）。

③ 五龍：山名，在今山西長治東南二十五里。

④ 仳仳然：即比比然，到處都是。

⑤ 福地：神仙居住的地方。

⑥ 王屋：山名，在今山西陽城西南，南至河南濟源，西跨山西垣曲。山有三重，形狀如房屋，故此得名。

⑦ 林慮：山名，在今河南林州西二十里，又名隆慮山。

⑧ 青蓮：即蓮花池，在今河北沙河南十五里，夏季荷花盛開，遊人衆多。

⑨ 百泉：在今河南輝縣西北七里蘇門山，又名百門泉。

復西轉，觀瀑布，淙淙成流。即採藥，坐石濯足，飲泉而歸。

　　復數日，山僧言西峰石局，予忻然從之。攀條覓步，陟兩峰間。其地盤夸可屋許，予意宜置石室，記刻於此。忽飄風颯至，西望大谷，烟暝蒼翠，泉聲泠泠，幽禽間作。予愕然久之，知即所謂瀑布者。邊峰峙立，乃得徑觀焉。左右顧盼，百景俱美，神爽而氣逸，飄飄然有丹臺石室①之想。峰巔峭峻，聞有奕局覆松焉。北轉觀摩崖碑。旁數石孔，僧云舊有招凉②亭於此。復有故咸平閣餘址，則臺砌頹没，基礎相枕藉，柱石已俱僕於水中；惟蓬籬繞匝，牛羊栖之而已。予乃慨曰：鑿石壘土，將恃爲無窮之觀，而山川獨乃如此。彼經營者，今則惡睹？其爲誰？與之俱朽，悲夫！

録自《古今圖書集成》

---

①　丹臺石室：均指神仙居住的地方。
②　招凉：招致凉氣，避暑。

栖龍潭記[①]

明·俞　時

　　陽城[②]之東有九女臺，臺以左，飛嶼壁斷，殊岫珠連，削如劍立，森若戟攢，洞口亂開，人迹罕見，惟有飛仙可到爾。圖畫縈回，燦乎金銀城也。而四山之湊，兩崖之交，伊闕[③]上聳，禹門[④]孤懸。有怪石不知其幾丈許，橫卧促駐於其中，雲拳電跳，蛇文龜章，手拂之，滑膩如流脂，已爲方外絶秀。及轉步下睨，得水一泓，名曰"栖龍潭"者，蒼然元然，清然冷然，盤渦伏流，奇成自天，瓊漿玉液，甘可食人；大旱祈禱，洪霖輒應。或以萬石投之，咆咆轟轟，暗響移時，杳莫探其底極，君子以爲歸墟[⑤]之壑也。僻邑窮郊，誰其爾知！如昔賢所品於江南諸水者，略弗及之。

---

　　①　栖龍潭：位於今山西陽城東的崇山峻嶺之中，深不見底，水質甜美。作者在文中借栖龍潭的不被人知抒發了自己懷才不遇的感慨。

　　②　陽城：今屬山西。

　　③　伊闕：在今河南洛陽南。因兩山相對如闕門，伊水流經其間，故名"伊闕"。

　　④　禹門：即龍門，在山西河津西北和陝西韓城東北。黄河至此，兩岸峭壁對峙，形如門闕，相傳爲夏禹所鑿，故名"禹門"。

　　⑤　歸墟：傳説爲海中無底之谷，指的是衆水匯聚之處。《列子·湯問》："渤海之東，不知幾億萬里，有大壑焉，實惟無底之谷，其下無底，名曰'歸墟'。"

蓋所謂李密^①未見秦王^②爾，故可以觀才矣。

　　俞子同孟子小溪，王子及泉登焉，竟晚眺賞，實難忍割，蓋若此潭以予輩相爲知己云。

録自《山西通志》

---

　　① 李密：字玄邃，一字法主，隋代京兆長安（今屬陝西）人。大業九年（613），參與楊玄感起兵反隋，失敗後投奔瓦崗起義軍，稱魏公。後爲王世充擊敗，入關降唐。不久以反唐被殺。

　　② 秦王：即唐太宗李世民。李淵稱帝時，他被封爲秦王，任尚書令。

老姥掌^①遊記

清·陳廷敬

　　上黨^②南三百里，有山曰"方山"^③；又南十五里，曰"洞陽山"^④；又南十五里，曰"樊山"^⑤。上黨地形高天下，此三山高出地上，皆直下萬仞。由樊山則枝分條披，狀形奇詭：嶕嶢而爲峰，窈窕而爲壑，崎嶇而爲澗，崚嶒而爲崿，巉嵳而爲巘，岪鬱而爲巒，嶺嶒而爲岫，寥廓而爲巖。其又南則砥柱^⑥、析城^⑦，巖壁重復，峭竦如樓堞，嵯峨如墉隍，如玦如環，繚絡數百里。其中長川^⑧夾岸，若斷若連，如海波斂而島嶼出，如江潮平而洲渚生；村居静深，關扃奧閟，蓋陟樊山之巔皆見焉。

---

　　① 老姥掌：即老姆掌，在今山西晋城西的樊山中。登高遠眺，數十里之内，山巒縱横相連，似可拾取放置在手掌之中，故名老姥掌。老姥，老婦人的通稱。
　　② 上黨：古縣名。治所在今山西長治。
　　③ 方山：在今山西長子西五十里處，爲發鳩山的主峰，海拔 1646 米。因峰頂呈方形，故名。
　　④ 洞陽山：在今山西晋城西四十里處。
　　⑤ 樊山：在今山西晋城西四十餘里處，主峰海拔 1109 米。
　　⑥ 砥柱：山名，又名"指柱山"，在今山西陽城南五十里處。三峰突起如柱，故名砥柱山。中峰最高，海拔 1572 米。
　　⑦ 析城：山名，又名"聖王坪"。在今山西陽城西南七十里處。主峰海拔 1889 米，四面如城，有東西南北四門，故名析城。
　　⑧ 長川：指沁水，古稱"洎水"，今名"沁河"。發源於山西省沁源北的綿山，南流經安澤、沁水、陽城、晋城等地，進入河南省境，在武陟匯入黄河。

余家樊溪①東涘，在山之南，開門見山。測以圭景②，南北相崎不失秒忽，則仰觀夫樊山之爲狀也，如仙卿冠帶而立。其上又如鯨張鱗，如鳳舒翼。委蛇而下，而其東則如巨靈③奮臂，隱然伸其指爪，上捫太清，下揮空曲。有曰"老姥掌"者，向所謂峰焉而嶕嶢，壑焉而窈窕，澗焉而崎嶇，崿焉而峻嶒，巘焉而巉巖，巒焉而岪鬱，岫焉而嶺嶜，巖焉而寥廓，數十里之内，聯嵐互暉，俯可持擷，如置諸掌。昔以掌名，肖其形矣，信異境矣哉。其上則古松流水，渺然非復人間。余時遊而樂之，蓋嘗數宿而不能去也夫。去山數十里而近，而峰壑巖巒之美已如此；況所云數百里者！吾雖未能盡遊焉，而已坐挹河山之勝；他日雖得盡遊其處，亦何以加於此樂也歟！

錄自《小方壺齋輿地叢鈔》

---

① 樊溪：指源於樊山的一條溪流。
② 圭景：圭影，圭表上的日影。這里指測量日影，確定時間、方位的圭表。
③ 巨靈：神話傳説中的河神。

遊中方洞記①

清·趙三麒

　　武邑②東九十里爲龍門山，介黎城③者爲中方洞，皆有勝迹，所謂太行羊腸④、翠微⑤是也。辛酉⑥秋，有事西成，於韓壁約傅生仲宣爲東山採藥之行。傅，越人也，精於醫。蚤發，過柳塘，不五里至山麓。井社蕭條，一望石田，低回者久之。過此，綠陰紅雨，山色漸奇，芬芳之氣，時襲人衣。由龍門而躋，直造其巔。東望五峰雪浪，其最高者。行三里，爲韓家巖。巖有三洞，中曰“雙泉”。二水分流，瀠洄左右而得名也。壁間石眼玲瓏，琅琅有聲。余署曰“語石”，亦曰“惟韓陵片石猶可語”⑦耳。忽雨至，過羊徑山。邑志所謂“路僅通羊者”，今可方軌。土人云：“勝國奉敕修尚書劉公墳，伐石此山，有修路碑記。過此則黎城縣界矣。”穿

---

① 中方洞：位於今山西武鄉和黎城的交界處，崇山峻嶺，氣象萬千。
② 武邑：今山西武鄉。
③ 黎城：今屬山西省。
④ 羊腸：羊腸小路，指曲折狹窄的山間小路。
⑤ 翠微：指青綠的山色。
⑥ 辛酉：指清代某年。
⑦ 惟韓陵片石猶可語：唐代張鷟《朝野僉載》卷六：“梁庾信從南朝初至北方，時温子升作《韓陵山寺碑》，信讀而寫其本。南人問信曰：‘北方文士何如？’信曰：‘惟有韓陵山一片石堪共語，薛道衡、盧思道少解把筆，其餘驢鳴犬吠，聒耳而已。’”

峽踏水，冒笠數里，始抵陽河，雨亦稍歇，時已暮炊。高眺白雲，橫起山腰，倏忽千變，如蜃樓海市狀。

黎明起，舍騎扶筇，所經野菊如綉。中有藍菊，名曰"翠連環"。余曾遊廣陵萬菊園，未見此種。移根籬東，可助陶愛①。極目西峰，有石千尺如門，又如兩旗對展。沿林盤曲，不別天地，鳥道石蹬，歷千百級忽然開朗。擇平石憩飲，俯前山之最高者，今皆在塈中矣。自是益北，望中方樓閣如畫，奇迹怪狀，不可指名。傅生云："某爲某藥，可採可茹。"南北藥之不同如是。過伏虎崖，乃抵大巖②。巖深數丈，位昆盧佛殿中，淋泉滴滴，昔人題爲"念佛泉"。右爲三教堂，止釋道二像。僧曰："孔聖像三成三毀，想聖人不欲居山耶。"余曰："爾獨不知太行爲孔子回轍處乎？既還轅而息鄹③矣，又奚以留像於斯！"

其最高者，爲中方。讀斷碣云："山在太行之中，故曰'中方'。"諸山純石，截霞而上；諸水如磬，截霞而下，故其境爲最勝。上一層爲"丸封洞"，高七尺許，闊稱之。列炬以導，門隘徑滑，不可入。半崖爲磐安洞，可容五六百人，土人避兵於此。旁石如砥，爲"三仙臺"，有二石室，辟谷④者居焉。北爲"生生洞"，山無寸土，惟此洞中黃泥一綫，生生不窮，造諸佛殿取給於此。左爲俯觀，潞郡譙堞，歷歷在指顧間。山後萬乳齊下，爲雨玉處。其巔爲捧天崖。對面爲金蓮峰，昔年曾開金蓮花，光映百尺，香聞十里。

---

① 陶愛：指對菊花的喜愛。東晉大詩人陶淵明非常喜愛菊花，有"採菊東籬下，悠然見南山"的詩句。後遂以"陶愛"指對菊花的喜愛。

② 大巖：大的洞穴。

③ 既還轅而息鄹：《孔叢子·記問》："巾車命駕，將適唐都。黃河洋洋，攸攸之魚。臨津不濟，還轅息鄹。"鄹，古地名，春秋魯國地，是孔子的家鄉，在今山東曲阜東南。

④ 辟谷：不食五穀，道教的一種修煉術。

　　日夕而旋，食於岑樓，老臘①進百花茶。詢其産，曰："即在此山中，葉細花白而味甘，每枝分蕊數叢，百花齊開，故云。"吾邑龍門山，此種繁甚，土人不識，持歸以示之。

　　再憩陽河。登白坡，四望霽色，大非昨雨中景況。奇峰如筆，如掌，如蓮華，秀出天表，五雲磅礴，極目皆幻，乃知太行鍾靈於此。冀②南一帶，名賢文學，代有偉人，其得於嶽靈者厚耳。

　　予浪迹三十載，每爲萬里行。嶽有五，僅遊其三；海有四③，僅觀其二。物不可以終窮，故以未濟終焉。

録自《山西通志》

----

　　① 老臘：老和尚。佛教戒律規定，和尚受戒後每年夏季三個月安居一處，修習教義，稱一臘。也泛指僧侶受戒後的歲數或泛指年齡。

　　② 冀：古九州之一，指今陝西和山西間黃河以東，河南和山西間黃河以北，山東西北和河北東南部地區。

　　③ 海有四：古人認爲中國四境有大海環繞，按其方位分別爲：東海、南海、西海、北海。

女媧陵^①記

唐·喬　潭

　　登黃龍古塞，望洪河中流，巋然獨存，大浸不溺者，媧皇陵也。夫巨靈擘太華^②，蹴首陽，導河而東，以泄憤怒。雖有重丘大阜，險狹之口，罔不漱之爲黃壤，汩之於旋波，不可復振，奔崩而下矣。女媧氏已然之後，豁爾之沖，天險東厄，風濤鼓作，乃能中干外御，特立萬年，其憑神可知也。水無盈縮之度，陵有高卑之常。霖潦漲之，兩涘沒焉，於是乎不爲之小而就其深；旱暵滲之，孤嶼出焉，於是乎不爲之大而就其淺。非乎巨靈壯趾以固本，河伯高肩以承隅，胡然動靜如因其時，升降不失其職？羅浮二嶽^③，以風雨合離；蓬萊五山^④，以波濤上下，不復故道，遂違長流，甚相遠矣。君子曰：夫能屠黑龍，湮九州，況夫一水之上，而自爲

　　① 女媧陵：女媧氏的陵墓。其地相傳有九處，在山西、陝西、河南各省境內，均在黃河中。傳說山西風陵渡黃河中有女媧陵。《元和郡縣志》：風陵堆在河東縣南五十里，與潼關相對。《寰宇記》：風陵城即風陵故關，女媧墓秦漢以來均有祭祀。又一說在趙城東南五里，高三丈。《河南府志》：女媧陵在閿鄉（今靈寶）黃河濱，天寶末消失，乾元初復出，遂名風陵渡，因女媧姓風的緣故。據傳說，女媧墓當在晋秦豫交界的黃河中。
　　② 巨靈擘太華：河神擘開華山。
　　③ 羅浮二嶽：指羅山和浮山。相傳浮山從蓬萊漂浮到羅山，與其相接，故名羅浮山，位於廣東博羅縣。
　　④ 蓬萊五山：相傳蓬萊有五山：岱輿、員嶠、方壺、瀛洲、蓬萊。而岱輿、員嶠流於北極，沉於大海。

謀；夫能斷鰲足，立四極，況乎數仞之高，而自爲力。神人之异，昧者難知。

密邇山谷，森羅物象：莽莽蘆渚，寧非止水①之餘；巀嶻石林，猶有補天之色。搖演空曲②，精靈若存。且夫上無積草，表以孤樹，常感風氣，纖條悲鳴，若冥應肸蚃③，鼓簧而吹笙。由是憧憧往來，無不加敬。山有梅栗，關吏羞④焉；水有菱芡，舟人奠焉。冢之木無或斬焉，陵之土無或抔焉，是則馨香已陳，而樵蘇自禁矣。

故聖人取薄葬，去厚送。驪山之銀海魚燈⑤，虎丘之金精龍劍⑥，錮之其内，散之其間，適爲大盜之守，未足藏身之固。彼橋山⑦帝丘，九嶷會稽⑧，皆因山而墳，未聞其赭者。余謂媧皇受命在火，火以示水，谷不爲陵，開門負固，日用其力⑨。不然，其隙地豈必封崇⑩乎？是故觀而志之，爲城冢後記。

録自《全唐文》

---

① 止水：静止的水，此指防止洪水。

② 空曲：廣闊四環，也形容山峰高峻。

③ 冥應：神靈的應驗；肸蚃：靈感相通。

④ 羞：進獻食品。

⑤ 銀海：古代帝王陵墓中人工灌注的水銀湖。《史記·秦始皇本紀》："始皇初即位，穿治驪山，乃并天下，天下徒送詣七十餘萬人，穿三泉，下銅而致椁……以水銀爲百川江河大海。"魚燈：即魚燭。《史記·秦始皇本紀》："以人魚膏爲燭，度不滅者久之。"此句指驪山的秦始皇墓。

⑥ "虎丘"句：相傳吳王闔閭葬地。葬時"傾水銀爲池"，葬三日，"金精上揚，爲白虎據墳"，故稱虎丘。金精，相傳爲西方之氣。龍劍，古寶劍名龍淵、龍泉，後稱寶劍爲龍劍。此指墓葬之窮奢極欲。

⑦ 橋山：山名，黃帝陵墓所在地。

⑧ 九嶷會稽：九嶷山，舜葬於湖南九嶷山。會稽，山名，禹葬於浙江會稽山。

⑨ "余謂媧皇受命在火"五句：古代陰陽家把金木水火土五行視爲五德，歷代帝王代表一德，五行相克相生。此說難懂，以俟方家。谷不爲陵，《詩·小雅·十月之交》："高岸爲谷，深谷爲陵。"深谷變不成大土山。負固，依恃險阻。

⑩ 封崇：加高增大。

作家小傳

王世貞（1526—1590）　明代文學家、史學家。字元美，號鳳洲、弇州山人。江蘇太倉人。世宗嘉靖二十六年（1547）進士，官至南京刑部尚書。他是明代"後七子"領袖之一，提倡"文必秦漢，詩必盛唐"，與李攀龍齊名，稱爲"李王"。著作豐富，有《弇州山人四部稿》《觚不觚錄》等。

喬　宇（1464—1531）　明代詩文作家。字希大，號白巖山人。山西平樂（今昔陽）人，明憲宗成化二十年（1484）進士。武宗時官南京兵部尚書，因抵制寧王宸濠叛亂有功，封官少保。世宗初爲吏部尚書。遊踪遍及山西省内著名風景名勝，并留下許多遊記。諡莊簡。有《喬莊簡公文集》。

王思任（1575—1646）　明代文學家。字季重，號遂東，又號謔庵。山陰（今浙江紹興）人。萬曆進士，曾任興平、當涂、青浦知縣，又任袁州推官、九江僉事。清兵破南京後，魯王監國，任禮部右侍郎，進尚書。順治三年（1646），紹興城破，不降，絕食而死。工詩文，善繪畫，喜出遊。有《歷遊記》《王季重十種》等。

徐宏祖（1587—1641）　明代散文家、地理學家。字振之，號霞客。南直隸江陰（今屬江蘇）人。自幼好學，博覽圖經地志與遊記，深受感染，欲遍遊名山大川。明末政治黑暗，不願入仕，遂於萬曆三十五年（1607）開始旅行，足迹遍及燕、晋、雲、貴、兩廣等十幾個省區，一路搜奇覽勝，將其所見按日記載，後人整理爲《徐霞客遊記》一書。該書有很高的文學價值與地理學價值。

高士奇（1645—1704）　清代文學家。字澹人，號江村，又號瓶廬。浙江余姚樟樹鄉高家村（今慈溪匡堰鎮高家村）人。以諸生供奉内廷，官詹事府少詹事，後官禮部侍郎，諡文恪。能詩，善書法。有《清吟堂集》《江村消夏録》等。

王　昶（1725—1806）　清代學者。字德甫，號述庵。青浦（今屬上海）人。乾隆十九年（1754）進士，學者稱蘭泉先生。曾在軍中征戰九年，官左副都御史、江西按察使、陝西按察使、雲南布政使、江西布政使、刑部侍郎。善詩詞，精於經學，時稱通儒。有《春融堂集》，輯有《湖海詩傳》《湖海文傳》《明詞綜》等。

王　廉　字介庭，河南開封人。清同治間翰林，歷任湖南、安徽、直隸布政使等官。有《出行日記》。

高鶴年　清末人，信佛居士，生平不詳。

楊述程　明代四川人，萬曆年間官雲中（今山西大同）。

趙時中　金代渾源（今屬山西）人，生平不詳。

劉　祁（1203—1250）　金末元初文學家。字京叔，渾源（今屬山西）人。金太學生，入元復試，魁南京，選山西東路考試官。有記述金事的《歸潛志》。

麻　革　金元時期文學家。字信之，虞鄉（今屬山西永濟）人。正大中與杜仁杰輩隱内鄉山中，教授生徒，日以作詩爲業，人稱貽溪先生。有《貽溪集》。

元好問（1190—1257）　金末著名文學家。字裕之，號遺山，太原秀容（今山西忻州）人。金宣宗興定五年（1221）中進士。曾擔任河南鎮平、内鄉、南陽縣令，後赴京任尚書省、左司員外郎等職。金亡後隱居不仕，過了二十多年的遺老生活。曾先後在山東滯留十餘年。有《元遺山先山全集》《中州集》等。

蘇惟霖 明代萬曆時人，曾任職於山西清源（清徐）縣署。
生平不詳。

朱彝尊（1629—1709） 清代文學家、學者。字錫鬯，號竹
垞，浙江秀水（今嘉興）人。康熙時舉博學鴻詞科，授翰林院檢
討，曾參修《明史》。善詩詞古文，通經史，是浙西詞派的創始
人。其詩與王士禎齊名，時稱"南朱北王"。有《經義考》《日下
舊聞》《曝書亭集》。編有《詞綜》《明詩綜》等。

劉大櫆（1698—1780） 清代散文家。字才甫，一字耕南，
號海峰。桐城（今屬安徽）人。雍正年間兩舉副貢生，爲黟縣教
諭。提倡古文，師事方苞，并受到姚鼐的推崇，爲桐城派重要作
家之一。有《海峰先生文集》等。

秦寶瓚（？—1882） 字姚臣，號潛叔，清江蘇金匱（今無
錫）人。同治六年（1867）副優貢生，工詩文。有《竢實齋文
稿》。

武全文 清代人，生平不詳。

趙國相 明代石州（今山西離石）人。生平不詳。

趙吉士（1628—1706） 清代學者。字天羽，號恒夫、寄園。
休寧（今屬安徽）人。順治舉人，康熙間知山西交城縣，以功擢
國子監丞，卒於官。富詩才，亦能文，有《寄園寄所寄》《萬青閣
全集》《續表忠記》等，主持編纂《交城縣志》等。

許宗衡（1811—1865） 字海秋，原籍山西，喪父後寄居外
祖父家，遂以上元（今江蘇江寧）爲籍。咸豐進士，官至起居注
主事。有《玉井山館文略》《玉井山館文續》等。

酈道元（？—527） 北魏地理學家、散文家。字善長，範陽
涿州（今河北涿州）人。官御史中尉，執法嚴峻，後爲關右大使，
赴任途中被雍州刺史蕭寶夤殺害。自幼好學博覽，所著《水經
注》，是中國古代歷史、地理、水利等方面的重要文獻。另有《本

志》《七聘》。

王惲（1227—1304）　元代學者、文學家。字仲謀，號秋澗。衛州路汲縣（今屬河南）人。元世祖初年爲詳議官，升中書省都事、監察御史。治錢穀，選人才，議典禮，考制度，咸究所長。成宗即位後，官至通議大夫。好學善文，卒諡文定。有《秋澗集》《汲郡志》《相鑒》。

司空圖（837—908）　唐代詩人、詩論家。字表聖，河中（今山西永濟）人。懿宗咸通進士，官禮部員外郎等。唐末隱居中條山王官谷先人舊居，自號知非子、耐辱居士。聞哀帝卒，絶食而亡。所撰《二十四詩品》對後世詩論頗有影響。有《司空表聖詩集》。

黄通　字介夫，宋代邵武（今屬福建）人。嘉祐進士，除大理丞。每浩歌長嘯，詞語雄俊。

呂柟（1479—1542）　字仲木，號涇野，明代陝西高陵人。正德三年（1508）進士，授翰林編修。官至南京禮部侍郎。有《涇野集》等。

薛瑄（1389—1464）　明代學者、詩文作家。字德溫，號敬軒，河津（今屬山西運城）人。永樂十九年（1421）進士，官至禮部左侍郎，兼翰林院學士。諡文清。學宗程朱，有“河東派”之稱。有《薛文清公全集》。

喬光烈（？—1765）　字敬亭，號潤齋。清代上海人。乾隆進士，知寶鷄縣，引汧水灌田，人稱惠民渠。勸種桑，教蠶事，人稱喬公桑。累官湖南巡撫、甘肅布政使。有《最樂堂集》。

司馬光（1019—1086）　北宋史學家、文學家。字君實，號迂夫，晚號迂叟，陝州夏縣（今屬山西）涑水鄉人，世稱涑水先生。寶元進士。仁宗末年任天章閣待制兼侍講知諫院。因反對王安石變法，出知永興軍，次年閑居洛陽，撰成《資治通鑒》。哲宗即位，又入京主政，爲相八個月卒。諡文正，贈太師、温國公。有

《司馬文正公集》等。

王　翰（1333—1378）　元代詩人。字用文，永福（今屬福建）人。官潮州路總管、福建行省參知政事。元亡，隱居永福觀獵山，以詩自娛，自號友石山人。明太祖聞其賢，強起之，自刎死。長於律詩。有《友石山人遺稿》。

都　穆（1458—1525）　明代金石學家。字玄敬，江蘇吳縣人。明弘治進士，授工部主事，歷禮部郎中。一生好學不倦。有《金薤琳琅録》《周易考异》《南濠詩話》等。

牛運震（1706—1758）　清代學者、詩文作家。字階平，號真谷，堂號空山。滋陽（今山東兗州）人。雍正十一年（1733）進士，官秦安、平番知縣。後罷官，主講於皋蘭書院。博涉群書，深通經義，於金石考據尤精。有《空山堂文集》《金石圖》等。

唐　樞（1497—1574）　字惟中，號子一。明代歸安（今浙江湖州）人。嘉靖五年（1526）進士，授刑部主事。少學於湛若水，學者稱一庵先生。有《木鐘臺集》。

鄧忠臣　字謹思，號玉池先生。宋潭州長沙（今屬湖南）人。神宗熙寧三年（1070）進士，爲大理丞。有《同文館唱和詩》。

孫　籀　清代人，生平不詳。

李惟磐　明代雄縣（今屬河北）人，生平不詳。

栗應宏　明代詩文家。字道甫，潞州衛長子（今屬山西長治）人。嘉靖四年（1525）舉人，官南陽府通判，後耕讀太行山中以終。有《山居集》等。

俞　時　明代人。生平不詳。

陳廷敬（1639—1712）　清初學者、詩人。字子端，號說嚴。澤州府陽城（今山西晉城）人。順治十五年（1658）進士，累官文淵閣大學士兼吏部尚書。任《康熙字典》總修官。卒謚文貞。有《午亭文編》等。

趙三麒　清代武鄉（今屬山西）人，生平不詳。

喬　潭　字源，一作德源。唐代梁（今河南開封）人。天寶十三載（754）登進士第，授陸渾尉。